ESCRITORES, GATOS E TEOLOGIA

Waldecy Tenório

ESCRITORES, GATOS E TEOLOGIA

Ateliê Editorial

Copyright © 2014 by Waldecy Tenório

Direitos reservados e protegidos pela Lei 9.610 de 19 de fevereiro de 1998. É proibida a reprodução total ou parcial sem autorização, por escrito, da editora.

Dados Internacionais de Catalogação na Publicação (CIP)
(Câmara Brasileira do Livro, SP, Brasil)

Tenório, Waldecy
   Escritores, Gatos e Teologia / Waldecy Tenório. –
Cotia: Ateliê Editorial, 2014.

ISBN 978-85-7480-674-7

1. Crítica literária 2. Ensaios literários
3. Literatura - História e crítica 4. Literatura
comparada I. Título.

14-01926   CDD-809

Índices para catálogo sistemático:
1. Literatura comparada 809

Direitos reservados à
ATELIÊ EDITORIAL
Estrada da Aldeia de Carapicuíba, 897
06709-300 – Granja Viana – Cotia – SP
Telefax: (11) 4612-9666
www.atelie.com.br
contato@atelie.com.br

Printed in Brazil   2014
Foi feito o depósito legal

*Quem me dirá se no secreto arquivo
de Deus estão as letras do meu nome?*

JORGE LUIS BORGES

*Não se esqueça, é de
fenômenos sutis que estamos tratando.*

GUIMARÃES ROSA

*Caviloso. Essa palavra saiu da moda
mas deveria ser reconduzida, não existe
melhor definição para a alma do felino...
Cavilosidade sugere esconderijo, cave aquele
recôncavo onde o vinho envelhece. Na cave o
gato se esconde, ele sabe do perigo.*

LYGIA FAGUNDES TELLES

Sumário

Agradecimentos 11
Prólogo para o Leitor se Achar e se Perder 13

    I.   Iniciação Amorosa 15
   II.   O Teólogo Charlatão 25
  III.   O Autor Invisível 45
  IV.   Desusado Forasteiro 63
   V.   O Perfume que Elas Deixam 79
  VI.   Coisas do Amor Insatisfeito 109
 VII.   Aquela Mulher de Sevilha 131
VIII.   O Gato Espreitando no Escuro 165
  IX.   O Desprevenido Achado 175
   X.   Quando essa Ausência Doer 193
  XI.   Afinidades Eletivas em Francês 205
 XII.   Dona Chica Admirou-se 215
XIII.   O Adeus Interminável 223

Epílogo para o Leitor se Perder e se Achar 233
Sobre o Autor 235

Agradecimentos

Sou primeiramente grato ao professor Alfredo Bosi. Num momento difícil, sem o generoso convite para integrar o quadro de pesquisadores visitantes do Instituto de Estudos Avançados da USP, não teria tido as condições necessárias para organizar esse livro. Sou grato também ao jornalista e escritor Lourenço Dantas Mota pela finura da crítica e pelo encorajamento. Devo também ao jornalista e editor A. P. Quartim de Moraes um estímulo que afastou minhas aflições editoriais. Aos alunos e alunas da disciplina Literatura e Religião, no Mestrado e Doutorado em Ciências da Religião da PUC-SP (2000-2006), e nos cursos de Especialização devo uma contribuição da qual nem suspeitavam. A Lucas Prata, devo observações inteligentes e sensíveis e uma ajuda inestimável toda vez que o computador tentava sabotar o meu trabalho. A Daniel Prata e Alessandra Paz sou grato pelos caminhos que tentaram abrir para o livro; a Marcos Prata e Raphael Prata pela disponibilidade para o que desse e viesse;

a Marili, por me lembrar o gato chamado Drummond e, como sempre, pela cumplicidade em tudo, desde quando o livro era apenas uma ideia. Finalmente esse livro é de Gabriel, Júlia e Luisa e de quem mais quiser.

Prólogo para o Leitor se Achar e se Perder

Um Começo meio Felino

Antes de começar a leitura, vamos lembrar dois gatos famosos da poesia moderna: o de Mallarmé e o de Prèvert. Os poetas contam histórias. Uma noite, no telhado, ouvem-se vozes. Dois gatos filosofam. No meio da conversa, o visitante pergunta:
– E aí, o que andas fazendo atualmente?
O outro responde:
– Atualmente eu finjo que sou gato na casa de Mallarmé.
Lembrei a anedota porque durante muito tempo fingi ser professor de introdução ao pensamento teológico quando na verdade era professor de literatura. E se pude fingir assim tão completamente é porque a literatura, no final das contas, resume de maneira sensível toda a inquietação que a teologia expressa de maneira abstrata.
Assim, os ensaios de teologia literária aqui reunidos procuram o ponto de intersecção no qual a literatura, como uma faísca,

acende a linguagem e tangencia o divino. Em outras palavras, e aproveitando um verso de João Cabral, querem descobrir "o fino instante exato em que o peixe se pesque"[1]. É esse "fino instante" – quando a poesia fisga a transcendência – que desejo partilhar com quem eventualmente me leia.

E a essa, ou a esse, eu digo: se, ao abrir estas páginas, sentir que não é a sua praia, fuja, depressa. Há outras melhores por aí. Mas se um azul desse mar ou a beleza de uma onda atrair sua atenção, vá fundo: surfe, mergulhe, pesque. Dizendo diferente, faça como o outro gato, o de Prévert[2], que nos ensina a nunca fazer as coisas pelas metade[3]: esse gato filósofo leria tudo. Então, como diz Julio Cortázar, desafie a lei da gravidade e não deixe esse livro cair de suas mãos[4].

1. João Cabral de Melo Neto, "Pescadores Pernambucanos", de Serial, em *Obra Completa*, Rio de Janeiro, Nova Aguilar, 1994.
2. Jacques Prèvert, "O Gato e o Pássaro", em *Poemas*, trad. de Silviano Santiago, Rio de Janeiro, Nova Fronteira, 1990.
3. Chamo a atenção para o último verso, depois que o menino vê as penas do pássaro na gaiola e percebe que o gato o devorou: "É preciso nunca fazer as coisas pela metade".
4. Entrevista a Ernesto González Bermejo, *Conversas com Cortázar*, Rio de Janeiro, Zahar, 2002.

I
Iniciação Amorosa

Existirmos: a que será que se destina?

CAETANO VELOSO

Não somente o gato de Mallarmé e o de Prèvert, como está no prólogo. Todos os gatos. A família *Felidae*, no latim científico dos felinos, toda ela tem charme e enigma, a começar por Bastet, essa deusa da mitologia egípcia, com seus olhos de gata, rosto de gata, corpo de mulher. Todos os gatos, então. Os que aparecem como deuses nas pinturas do antigo Egito. Os que se tornam cúmplices das bruxas na Idade Média a ponto de alguém imaginar uma bula papal contra eles, gatos teólogos perseguidos pela Inquisição. Os que se infiltram na obra de renascentistas como Botticelli, Rubens, Michelangelo. Os que habitam os quadros de Renoir, Matisse, Picasso, Paul Klee, Kandinski, Frida Kahlo...

Os que compõem o imaginário de Shakespeare, Byron, Baudelaire, Joyce, Rilke, Borges, Sartre, Camus, Hemingway, Neruda, Cortázar... O de Neruda é "um arrogante vestígio da noite", como o poeta diz em *Ode a um Gato*. O de Cortázar é mais perigoso, como se pode ler em *El Perseguidor*: "mira fijo pero se ve que está por completo en otra cosa, que es otra cosa". Lembremos ainda o gato de botas de Perrault, o gato de *Alice no País das Maravilhas*, o da fábula cinematográfica *Um dia um Gato*, dirigida por Vojtech Jasny em 1963.

Gato que não acaba mais. O gato preto em campo de neve, de Érico Veríssimo, o gato vaidoso de Monteiro Lobato, o gato malhado e a andorinha Sinhá de Jorge Amado, os gatos de Murilo Mendes, Jorge de Lima, João Cabral, Clarice Lispector, Ferreira Gullar, Vinicius, os de Adelmir Martins, os gatos de Lygia Fagundes Telles, os que adotaram Guimarães Rosa.

Gatos mais do que ilustres, ilustrados e mais do que leitores, quase autores ou personagens. Vivem ou trabalham em bibliotecas espalhadas pelo mundo afora e convivem com escritores, pintores, músicos, poetas, cineastas e filósofos com os quais partilham aquele ar de quem não é deste mundo. Não se sabe se leram Kant mas é certo que são todos metafísicos[1] e no enigma de seus olhos nos oferecem "sábios extratos de delírios"[2].

Tantos gatos, tantos começos possíveis, por onde começar? Por essa passagem do livro *Cama de Gato*, de Kurt Vonnegut: Deus acaba de criar o primeiro homem, Adão desperta, abre os olhos e se espanta:

– Qual o sentido de tudo isso?
– Então tudo tem de ter um sentido? Deus pergunta.
– É claro que sim, responde Adão.
– Então você está encarregado de descobri-lo, Deus diz, e se vai.

E desde que se foi vivemos na angústia, no desamparo e nesse sentimento de abandono, como atestam Freud e Santo Agos-

---

1. Machado de Assis, *Quincas Borba*, Obra Completa, vol. 1, Rio de Janeiro, José Aguilar, 1962.
2. Guimarães Rosa, "Quemadmodum", em *Ave, Palavra*, Rio de Janeiro, José Olympio, 1970.

tinho³. Na noite escura dessa ausência, dos tempos da Bíblia até hoje é assim: crentes e descrentes, ninguém escapa dessa fome do Absoluto, da interrogação que atravessa a história da cultura nem da aflição de querer descobrir o sentido ou o não-sentido das coisas. Dos profetas bíblicos aos físicos empenhados na busca do bóson de Higgs[4] todos se inquietam. É o calafrio metafísico, diz Umberto Eco[5]. Deus dói, pensa Unamuno[6]. Cioran se exaspera. Deus? Esse derradeiro chato. Sim, mas ele existe? Quem quiser ter certeza pode acreditar em Kolakowski: Ele não existe na Albânia mas existe na Pérsia[7].

O certo é que Platão sonhando viu a ideia de Deus[8] e assim, desde a noite dos tempos, desde os gregos (a épica é a matéria-prima da teologia[9]), os egípcios, os hebreus, os caldeus, desde sempre instaura-se na história do pensamento um debate interminável na esperança de comprovar sua existência ou negá-la de uma vez. Xenófanes pensa que tudo não passa de conjecturas e Simônides, por sua vez, acha que devemos renunciar ao conhecimento dos deuses. Aristóteles, ao contrário, propõe que devemos elevarmo-nos às realidades divinas e procurar o caminho que vai da imperfeição ao sublime. E no *Fedro,* Sócrates pergunta se afinal participa ou não de um destino de algum modo divino.

---

3. Santo Agostinho define assim a nossa condição: *Quotidie petitores, quotidie debitores* ("diariamente suplicantes, diariamente devedores") (Sermão 256).
4. A chamada "partícula de Deus".
5. Umberto Eco, *Pós-Escrito* a *O Nome da Rosa*, Rio de Janeiro, Nova Fronteira, 1985.
6. Miguel de Unamuno, *Do Sentimento Trágico da Vida*, Lisboa, Antropos, s/d.
7. Leszek Kolakowski, *O Horror Metafísico*, Campinas, Papirus, 1990.
8. Fernando Pessoa,"Dois Excertos de Odes", Poesias de Álvaro de Campos, *Obra Poética*, Rio de Janeiro, Nova Aguilar, 1977.
9. Octavio Paz, "A Consagração do Instante", *Signos em Rotação*, São Paulo, Perspectiva, 1996.

Como ficamos? "Na maior fissura", como disse Elis Regina. Deus tolerando todas as nossas teologias e ateologias e nós nesse impasse, uma agonia tão grande que, na sua irreverência, Voltaire chegou a pensar em resolver o problema inventando Deus. Mas depois dele Jean Rostand joga a toalha ao admitir que estamos condenados a viver e morrer na ansiedade e no escuro. Mesmo porque ele é ladino, não se deixa apreender. *Deus absconditus*, antes que Baudrillard fosse, ele já conhecia a arte da desaparição[10]. "Ah, quem faz isso não é por ser e se saber pessoa culpada?" Riobaldo desconfia, e tem razão[11].

São muitas as suspeitas. Sua folha corrida não é das melhores. Stendhal responsabiliza-o pelo sofrimento humano: a única desculpa para ele é não existir. Drummond lança uma hipótese mais favorável: ele pode ser canhoto, pode ter criado o mundo com a mão esquerda e isso explicaria tudo[12]. Como ninguém se entende, crentes e ateus militantes insistem em provar o que felizmente não se pode provar, se ele existe ou não existe. Jogue a toalha, Dawkins[13], melhor a incerteza e a nostalgia do que a certeza dos fundamentalismos que circulam por aí.

Mesmo porque esses fundamentalismos crentes e ateus são da ordem de *Thánatos* enquanto a literatura é da ordem de *Eros*, ou seja, é uma iniciação amorosa. Como o é também a teologia agostiniana: "Já disse e torno a repetir: narro estas coisas pelo desejo de vos amar"[14]. A poesia lírica de Camões é o melhor

---

10. Alusão ao livro homônimo de Jean Baudrillard.
11. Guimarães Rosa, *Grande Sertão: Veredas*, Rio de Janeiro, José Olympio, 1970.
12. Carlos Drummond de Andrade, no poema "Hipótese", *Corpo, Novos Poemas*, Rio de Janeiro, Record, 1984.
13. Richard Dawkins, biólogo inglês, autor de *Deus um Delírio, O Relojoeiro Cego, O Gene Egoísta*, entre outros livros que fizeram dele o grande porta-voz do atual ateísmo militante.
14. Santo Agostino, *Confissões*, Livro XI, Petrópolis, Vozes, 2000.

exemplo do que acontece quando se encontram essa teologia e a literatura:

> E sabei que, segundo o amor tiverdes,
> Tereis o entendimento de meus versos[15].

Melhor, portanto, que Deus continue sendo, como Drummond disse, um espinho fincado no ponto mais suave deste amor[16]. No fundo ou no centro das humanidades, a literatura reverbera tudo isso pela via da angústia metafísica, entre o amor e a melancolia[17], a prece e a blasfêmia, sentindo uma ausência que dói como um amor não correspondido. Os medievais sabiam disso quando perceberam a relação entre o amor pelas letras e o desejo de Deus[18]. E antes deles, os profetas bibliófagos, Ezequiel[19] e o do Apocalipse[20], devoraram livros talvez na esperança de obter seus poderes sobrenaturais[21].

E foi assim que a literatura tornou-se testemunha da raiz teológica dos problemas humanos, como se pode constatar em críticos da estatura de um Octavio Paz ou um George Steiner[22]. Eles nos mostram que a literatura quer saber qual o sentido e o enredo da história que vivemos. Com exceção do dono da tabacaria, no conhecido poema de Fernando Pes-

---

15. Luís de Camões, *Lírica*, São Paulo, Cultrix, 1963.
16. Carlos Drummond de Andrade, "O Padre e a Moça", *Lição de Coisas*, Obra Completa, Rio de Janeiro, José Aguilar, 1970.
17. A melancolia é entendida aqui no sentido de Romano Guardini, ou seja, supõe o reconhecimento de uma carência e expressa a aspiração à plenitude do valor e da vida. Cf. "Trakl y la Melancolía", Hector Mandrioni in *Letra y Espiritu: Diálogo entre Literatura y Teologia*, Cecilia Palumbo e Hugo Safa (orgs.), Universidade Católica de Buenos Aires, 2003.
18. Jean Leclerq, *L' amour des lettres et le désir de Dieu*, Paris, Cerf, 1991.
19. Ezequiel, 2,8 e 3,1-4.
20. Apocalipse 10,8-11.
21. Como os povos antropófagos devoram os guerreiros inimigos para obter sua coragem.
22. Ramin Jahanbegloo, *George Stainer à Luz de Si Mesmo*, São Paulo, Perspectiva, 2003.

soa, somos todos metafísicos e nostálgicos. E mesmo o dono da tabacaria, como todos nós, ao lado de "um certo instinto duvidoso"[23], tem um fundo antropológico mágico que não podemos erradicar[24].

Caímos na teologia? Sempre caímos na teologia quando fazemos uma pergunta radical pelo sentido, como Caetano Veloso em *Cajuína*: "Existirmos, a que será que se destina?" Mas então é necessário dissipar equívocos: ela também tem seus escribas e fariseus, como Bergson diz da filosofia. Por isso mesmo é necessário esclarecer: não se procure aqui qualquer teologia enrijecida em certezas, clericalismos ou intolerância. Nada de enxofre nem fogueira. Por essa via a aproximação com a literatura seria impossível porque as burocracias eclesiásticas e políticas dividem o mundo em fiéis e infiéis, crentes e hereges e justamente os hereges, essas ovelhas desgarradas *in partibus infidelium*[25], constituem a melhor parte da literatura. De qual teologia se fala então? De uma teologia literária marcada por um sentido profundo de hierofania, como a poesia de William Blake revelando o caráter sagrado de todas as coisas.

Por enquanto, uma pista: na Abissínia onde se refugia, dependendo do estado do seu humor, Rimbaud escreve nos bancos de jardim dos parques públicos: "Morte a Deus" ou "Merda a Deus". No entanto, monsenhor Jarosseau, um bispo católico que o poeta conhece na África, pensa que Rimbaud errou de vocação: ele deveria ter sido trapista ou cartuxo[26]. Em seu leito de morte, ele pede à irmã que lhe administrem os sacramentos e esse depoimento de Isabelle diz tudo: "Não é mais um pobre infeliz

---

23. Cf. *O Horror Metafísico* de Kolakowski.
24. Edgar Morin em *Amor Poesia Sabedoria*, Rio de Janeiro, Bertrand Brasil, 1999.
25. Há certamente uma dose de ironia no emprego dessa expressão latina que designa os bispos que vivem em terras de infiéis.
26. Duas ordens religiosas que observam o silêncio como meio de aproximação de Deus.

condenado que vai morrer ao meu lado. É um justo, um santo, um mártir, um escolhido!"[27] Rimbaud, teólogo?

Não importa, indo em frente, mesmo sem saber onde é, o que importa é preservar o sagrado como uma categoria da sensibilidade[28] e garantir a universalidade da teofania[29]. Justamente o que pretendem os ensaios de teologia literária que se seguem, mostrar esse sentimento de religiosidade difusa que, ao lado do ceticismo, aparece na obra de romancistas e poetas, ainda mesmo (ou principalmente?) quando ateus. Porque a afinidade profunda, jamais inteiramente explicada, entre a experiência poética e a experiência religiosa, que a sagacidade crítica de Octavio Paz não deixa escapar[30], é um indício de que a arte é um caminho para a transcendência ou a continuação do sagrado por outros meios. Não disse Novalis que a poesia é a religião original da humanidade?[31] Demos razão ao poeta W. B. Yeats: ela é um "artifice of eternity", isso mesmo: um artifício de eternidade[32].

Umberto Eco tem razão: a literatura compensa a nossa "tacanheza metafísica"[33] tematizando a relação entre o homem e o divino, essa "relação de abismo", como a chamou María Zambrano[34]. É certo que a modernidade ampliou o abismo quando expulsou os deuses da cultura. Mas é certo também que, quando o desencantamento chegou e se comprovou a insuficiência da

---

27. Em carta à mãe. Cf. *A Correspondência de Arthur Rimbaud*, LPM, p. 180.
28. Roger Caillois, *L'homme et le sacré*, Paris, Gallimard, 1972.
29. Um termo teológico que designa a manifestação temporária de Deus em diferentes maneiras.
30. Estou me referindo principalmente ao ensaio "Lectura y Contemplación" que faz parte do livro *Sombras de Obras*.
31. Cf. Ocatvio Paz, *El arco y la lira*.
32. No último verso de "Sailing to Byzantium".
33. Umberto Eco em *Seis Passeios pelos Bosques da Ficção*.
34. *El hombre y lo divino*, Mexico, DF, Fondo de Cultura Económica, 1986.

linguagem racional[35], os deuses fugitivos continuaram enviando sinais, criptomensagens, deixando na ficção e na arte em geral o vestígio de um vestígio[36].

Os exercícios que aqui se apresentam trazem de volta esses vestígios oferecendo-nos uma certa versão dos fatos, como na história contada pelo físico Freeman Dyson. Seu colega Leo Szilard certa vez declarou que estava pensando em escrever um diário:

– Não pretendo publicá-lo, vou apenas manter um registro dos fatos para que Deus possa manter-se informado.
– Você não acha que Deus já conhece os fatos?
– Sim, respondeu Szilard – Ele conhece os fatos, mas não conhece esta versão dos fatos[37].

Esta outra versão se apresenta não como diário mas em textos que pertencem ao gênero ensaístico e misturam ficção e não ficção, seguindo de longe os passos do vovô Montaigne. Estavam espalhados por aí[38] e agora finalmente se reúnem porque são variações do mesmo tema e também porque sempre estamos escrevendo na areia os mesmos textos[39]. O que os une e inerva é o viés interrogativo próprio de uma investigação que não termina, como se cada ensaio fosse o mesmo ensaio que recomeça *ad infinitum*.

Os ensaios recomeçam porque a escrita é uma das formas de resistir ao sentimento de abandono que nos atormenta. Há outras ou, pelo menos, assim pensa Drummond quando sugere que dispomos de outros recursos:

35. Cf. o estudo de Ernesto Grassi, *Poder da Imagem/Impotência da Palavra Racional*.
36. Referência ao ensaio de Gianni Vattimo.
37. *Perturbando o Universo*, publicado pela editora da UNB.
38. Quase todos nasceram no ambiente universitário, frutos de cursos ministrados na pós-graduação em Ciências da Religião da PUC-SP, na pós-graduação em Letras, na USP, e de artigos publicados em livros coletivos e em revistas acadêmicas de diferentes universidades.
39. Severo Sardury, *Dispersión*.

O recurso de se embriagar.
O recurso da dança e do grito,
O recurso da bola colorida,
O recurso de Kant e da poesia,
Todos eles... e nenhum resolve [40].

Se nem a embriaguez, sem dúvida uma boa ideia, resolve, nem a dança nem o grito nem Kant, o que podemos tentar ainda? Um tango argentino ou um pneumotórax, como sugere por sua vez Manuel Bandeira?[41] Em situações aflitivas, o jeito é escrever. "À noite, quando o medo não me deixa dormir..." É quando Kafka escreve[42]. Mas a literatura não nasce apenas do medo, nasce também da dor e da revolta. Escreve-se por desespero, amor, raiva. Escreve-se para não morrer, como se a literatura fosse uma ambulância que corre na noite para salvar alguém[43]. Escreve-se para pôr o mundo em questão, para interpelar Deus: "Não queremos, Pai, que tu nos devores"[44]. Escrever é procurar um antídoto para o esquecimento do ser. "Procura como se fosses encontrar sabendo que não encontrarás nunca se não procurares sempre"[45]. Agostinho puro. Mas também puro Rimbaud, agostiniano sem saber: sempre em viagem, toda a sua vida, Rimbaud procura.

Os textos que se seguem também são textos de procura e seguem o rastro de Agostinho e de Rimbaud. São "coisas divagadas"[46], da família do "devaneio operante" de Bachelard[47]. A rigor, eles só

---

40. Carlos Drummond de Andrade no poema "Passagem de Ano", *A Rosa do Povo*.
41. No poema "Pneumotórax" do livro *Libertinagem*.
42. Karl-Josef Kuschel, *Os Escritores e as Escrituras*.
43. Cf. E. Evtushenko, *Autobiografia Precoce*.
44. Nikos Kazantizakis, *Carta a El Greco*.
45. Tradução livre da fórmula *Quaeremus tanquam inventuri, et sic inveniamus tanquam quaesituri*, do *De Trinitate*.
46. Riobaldo contando sua história em *Grande Sertão:Veredas*.
47. Cf. *A Poética do Devaneio*.

ampliam nosso repertório de perguntas e por isso deveriam todos começar como aquele romance de Clarice Lispector: "Estou procurando, estou procurando..."[48] Não sabem as respostas para as interrogações que formulam, falta-lhes o caráter explícito da prova[49], mas como desconfiam de muita coisa, descortinam horizontes e finas cintilações porque vivendo se aprende, "mas o que se aprende mais é só a fazer outras maiores perguntas"[50].

Quem passar pelas páginas que se seguem poderá aprofundar suas perguntas e ampliar suas dúvidas na companhia de autores e personagens como Virgilio e Dante, Dostoiévski e o Grande Inquisidor, Madame Bovary e Thérèse de Lisieux, Proust e Manuel Bandeira, Joyce e Santo Agostinho, Adélia Prado e Hilda Hilst, Riobaldo e o interlocutor cruel que o atormenta, Teilhard de Chardin e Saint-Exupéry, Drummond e Guimarães Rosa, os vagabundos de Beckett e aquela mulher de Sevilha dos poemas de João Cabral.

Cada um ao seu modo, todos nos lembrarão o fragmento de Heráclito: "Se não se espera não se encontra o inesperado"[51] e esta frase, vinda da noite dos tempos, é uma chave de leitura deste livro. Isto posto e uma vez que a crítica literária nasce de uma dívida de amor[52], eu o deposito primeiro em suas mãos, cara leitora, e depois nas suas, hipócrita leitor, meu semelhante, meu irmão[53]. Por favor virem a página, vamos começar.

---

48. *A Paixão Segundo GH*.
49. Como nas *Meditações do Quixote*, de José Ortega y Gasset, segundo o comentário de Julián Marías.
50. O personagem Riobaldo em *Grande Sertão: Veredas*.
51. Fragmento 18.
52. George Steiner na abertura de *Tólstoi e Dostoiévski*.
53. Versos finais do poema "Au Lecteur", de Baudelaire: "Tu le connais, lecteur, ce monstre délicat/Hypocrite lecteur, mon semblable, mon frère ("Tu o conheces, leitor, esse monstro delicado/Hipócrita leitor, meu semelhante, meu irmão").

II
O Teólogo Charlatão

> *Vladimir:* O que você está querendo dizer? Que erramos de lugar?
> *Estragon:* Ele devia estar aqui.
> *Vladimir:* Não deu certeza de que viria.
> *Estragon:* E se não vier?
> *Vladimir:* Voltamos amanhã.
> *Estragon:* E depois de amanhã.
> *Vladimir:* Talvez.
> *Estragon:* E assim por diante.
> *Vladimir:* Ou seja...
> *Estragon:* Até que ele venha.
>
> (Do primeiro ato de *Esperando Godot*, de Samuel Beckett)

Um gato é um gato é um gato. Estava procurando um jeito de começar o capítulo quando um deles de algum lugar me soprou o título de um quadro de De Chirico: *Nostalgia do Infinito*. É todo o problema da arte e, pensando bem, o vocábulo "Infinito" polariza toda a literatura. Por isso, este capítulo sobre o teólogo charlatão tem como fundamento e ponto de partida a literatura e não a teologia. Mas logo nesse ponto uma dúvida se apresenta: como pode um leigo em teologia intrometer-se nesse assunto e, ainda mais, a partir da literatura?

Uma justificativa possível é dizer que a análise de qualquer assunto por sua relação com assuntos afins pode oferecer uma visão mais rica do tema precisamente por se tratar de um olhar diferenciado, não rotineiro, capaz de outras apreensões[1]. Isto posto,

---

1. Mais ou menos como Frank Kermode justifica a relação que ele estabelece entre literatura e psicanálise. Cf. o ensaio "Freud e a Interpretação" no livro *Um Apetite pela Poesia*.

nosso ponto de partida são os escritores entre os quais menciono logo a figura extraordinária de João Guimarães Rosa, o tempo todo invocado ao longo destas páginas como um mestre de "alta insinuação". Ele e os gatos que o adotaram.

As influências são muitas, vêm de longe e, olhando para trás, há uma infinidade de nomes importantes a registrar. Começo por Samuel Beckett. A aproximação com o teatrólogo irlandês aconteceu há tempos quando ousei confrontar *Esperando Godot* com os profetas bíblicos. A partir dessa experiência, Beckett, para quem Deus é um bastardo, foi incluído entre os autores da minha patrística, com maior razão depois de ter sido canonizado por Harold Bloom.

Naturalmente a dívida não é apenas com ele e, como são muitos os escritores que me despertaram para as teologias, é quase inviável querer nomeá-los todos. Mas quem folhear as páginas deste livro, se não for muito ranzinza ou ressabiado e tiver um olhar de simpatia, logo saberá quais são esses autores. Romancistas e poetas, teatrólogos e cineastas, músicos e pintores, os artistas, enfim. Eles também são os padres de minha igreja, que me põem frente a frente com as grandes questões postas pela teologia.

E por quê? Porque literatura procura o Absoluto, como se diz que as caravanas etíopes procuravam os pedaços rasgados da túnica de Rimbaud. E como se lê em São Tomás, o menor fragmento que se consegue do Absoluto vale mais do que todo conhecimento do mundo[2]. Desse modo, mais do que nos tratados de teologia, a experiência de Deus pode nascer e nasce nas palavras e imagens convulsas, entrecortadas, crentes, descrentes, blasfêmicas, agônicas e desesperadas dos artistas. Pode nascer no teatro, no cinema, ouvindo um concerto, olhando a obra dos pin-

2. *Summa contra Gentiles*, I, 5.

tores, lendo romancistas e poetas. Como o burguês fidalgo fazia prosa, eles fazem teologia sem saber. O que levou Leão Hebreu[3] a explicar nos seus *Diálogos de Amor* que a obra poética é a linguagem divina por excelência.

A propósito, no mesmo texto em que lamenta o fato de não termos uma palavra melhor do que "religião" para designar a experiência do sagrado, Mircea Eliade chama a nossa atenção para os valores religiosos presentes na arte, referindo-se principalmente à literatura e ao cinema[4]. Por tudo isso, não é vergonha nenhuma alguém se apresentar como um "teólogo charlatão". Nenhuma razão para se ter pudor. Pelo contrário, como lembra Erasmo, deve-se ter pudor em se dizer teólogo, tão grande é esse título[5]. Mas quem é afinal esse teólogo charlatão? Os teólogos cortesãos? Os intelectuais orgânicos? Não, nem pensar neles.

Em primeiro lugar digamos que teólogo charlatão é aquele "sujeito incerto" a que se refere Roland Barthes na famosa aula inaugural proferida no College de France. Em segundo lugar, ao falar em teólogo ou teologia charlatã podemos pensar também na ironia de Lezek Kolakóvski: o filósofo moderno que nunca experimentou a sensação de ser um charlatão é tão superficial que provavelmente sua obra não merece ser lida[6]. O mesmo se pode dizer do teólogo.

Terceiro, o teólogo charlatão a que me refiro é aquele que, mesmo integrado a uma instituição, ainda assim conserva sua independência de pensamento, seu *eppur si muove*, de modo que se jamais foi a qualquer momento poderá ser "convidado"

---

3. Filósofo renascentista português, de nome Judá Abravanel, deixou importante obra filosófica e literária.
4. Cf. o prefácio que escreve para *Origens*.
5. Cf. Clodovis Boff, *Teoria do Método Teológico*.
6. Cf. *O Horror Metafísico*.

ao "silêncio obsequioso" ou a qualquer outro perverso eufemismo. E aí muita gente boa se inclui: o Pseudo-Dionísio, Agostinho[7], o próprio São Tomás[8], Teilhard de Chardin, entre nós Leonardo Boff, e tantos outros, uma lista enorme que chega aos nossos dias.

Quarto, no contexto deste livro, "teólogo charlatão" tem ainda um outro sentido: é o que, indo além dos textos canônicos enrijecidos em doutrina, encontra rastros do sagrado na poesia, no cinema, no romance, na música... Como nesta experiência de arrebatamento que Todorov viveu depois de ouvir Vivaldi. "... ela (a música) nos conduziu a um lugar que ainda não sabemos nomear, mas que, de saída, sentimos que nos é essencial"[9]. Ou seja, o teólogo charlatão é um teodidata.

Mas para melhor compreensão dessa tipologia esquecida por Lineu, é necessário dizer que não existe teólogo charlatão em estado puro. A charlatanice em termos absolutos só os gatos de verdade podem alcançar. O de Lygia Fagundes Telles é radicalmente gato:

> Ele fixaria em Deus aquele olhar de esmeralda diluída, uma leve poeira de ouro no fundo. E não obedeceria porque gato não obedece. Às vezes, quando a ordem coincide com sua vontade, ele atende mas sem a instintiva humildade do cachorro, o gato não é humilde, traz viva a memória de sua liberdade sem coleira. Despreza o poder porque despreza a servidão. Nem servo de Deus. Nem servo do Diabo[10].

---

7. Como diz Umberto Eco a propósito de São Tomás, a partir do momento em que se é canonizado vira-se um clichê. Peter Brown mostra um Agostinho diferente do clichê, até mesmo em suas desavenças com São Jerônimo. Cf. *Santo Agostinho: Uma Biografia*.
8. Se nos lembrarmos das intrigas do bispo de Paris, Estevão Tempier, tentando condenar as teses tomistas.
9. Cf. Tzvetan Todorov na introdução de *A Beleza Salvará o Mundo*. É um exemplo de "teologia charlatã" das boas.
10. Cf. *A Disciplina do Amor*.

No nosso caso, gatos escaldados que somos, sabendo do perigo da teologia, as coisas se passam de maneira diferente, ganham em relatividade e aí podemos pontuar dois tipos de teólogo charlatão: o primeiro é o de nascença; o segundo é o que adota a charlatanice por vontade própria.

O teólogo charlatão de nascença é o artista. Poetas, escritores, músicos, pintores, cineastas têm o DNA dos gatos, transitam pela zona do sagrado sem pedir licença a ninguém, como os gatos no telhado de Mallarmé. Como exemplo, podemos lembrar dois casos emblemáticos de teólogos charlatães natos: o cineasta Pier Paolo Pasolini e o poeta João Cabral de Melo Neto.

Pasolini tende a um certo misticismo por uma espécie de veneração que lhe vem da infância, a necessidade irresistível de admirar os homens e conhecer a profundidade onde outros só percebem a aparência inanimada e mecânica das coisas. Por isso mesmo ele defende o sagrado porque é a parte do homem que menos resiste à profanação do poder. O poeta brasileiro João Cabral de Melo Neto é outro caso à parte e exemplar: por mais que se diga racionalista, tenta mas não consegue negar a transcendência: é um teólogo charlatão inconfessável.

O segundo tipo de teólogo charlatão é o teólogo profissional, com a devida *licentia docendi*, que admite a via estética como caminho para Deus e se torna por isso charlatão. A teologia evidentemente não se apresenta como território da ficção mas pode acontecer, e felizmente acontece a muitos teólogos descobrirem que a literatura transmuda o pão de cada dia no corpo radiante duma vida eterna[11]. E aqui precisamos registrar um tipo especial: os que, indo além da mera aceitação da via estética, tornam-se, eles próprios, teólogos-escritores ou teólogos-poetas. Como exemplos clássicos, ainda sem a caracterização de profissionalis-

---

11. Cf. James Joyce, *Retrato do Artista quando Jovem*.

mo, pode-se indicar Santo Agostinho e São João da Cruz. É uma tradição que vem desde os padres gregos e chega até nós[12]. Digamos, por fim, para encerrar essa tipologia, que só o teólogo charlatão, por sua sensibilidade, tem as condições necessárias para desvelar as manhas e artimanhas do autor invisível da literatura.

Mas como não existe teólogo charlatão em estado puro, devemos matizar o que fazem os charlatães para escapar das fogueiras. Assim, é necessário ler com atenção a carta na qual Teilhard de Chardin explica a um amigo a sua atitude em relação ao Vaticano nos momentos em que foi perseguido por causa de suas ideias[13]. O modelo é São Tomás e São Tomás merece respeito. Nos momentos de perigo[14], quando havia oposição entre *Sim* e *Não*, o Boi Mudo da Sicília foi capaz de dizer um *Nim*. "Só que Tomás o fez num momento em que dizer *Nim* não significava deter-se mas dar um passo adiante e pôr as cartas na mesa"[15].

Na teologia que ironicamente venho chamando de charlatã – porque as burocracias eclesiásticas tentam desqualificar assim o pensamento divergente – os teólogos sabem que tudo flui de uma só fonte: a doçura e a fragrância, a qualidade do vinho e os sabores de tudo o que se pode provar, as cores visíveis, tudo que o tato conhece, tudo o que o ouvido pode escutar, todas as melodias, todos os ritmos[16]. Os teólogos charlatães do cristianismo sabem e vivem isso, embora a um preço muito alto.

12. Entre nós, dois nomes exemplares a registrar: na Nicarágua o jesuíta poeta Ernesto Cardenal; no Brasil, o teólogo dominicano Carlos Alberto Libânio Cristho, frei Beto, conhecido autor de romances como *Hotel Brasil, Minas de Ouro, Um Homem Chamado Jesus*, já traduzido para o espanhol e o italiano, e o recente *A Aldeia do Silêncio*.
13. Cf. "Sobre minha atitude para com a Igreja oficial" que faz parte do livro *O Coração da Matéria*.
14. Em seus embates com as "proposições" do arcebispo de Paris, Stéphane Tempier.
15. Cf. o "Elogio de São Tomás", de Umberto Eco, em *Viagem na Irrealidade Cotidiana*.
16. Eneadas, VII.

Por que então nos diz Murilo Mendes, logo ele tão católico, que Deus não gosta ou não lê teologia?[17] A esse respeito é sintomática também uma declaração que o teólogo Rubem Alves costuma fazer com frequência: quando quer pensar em Deus não lê os teólogos, lê os poetas. Por que esse aborrecimento com a teologia? Uma explicação possível é: precisamente porque ela recusa experimentar outras melodias e outros perfumes ou por causa do racionalismo e dos desvios de intolerância que por vezes a transformam num jogo arriscado, como nos mostra o poeta José Paulo Paes, teólogo charlatão nato, num poema justamente chamado "Teologia":

> A minhoca cavoca que cavoca.
> Ouvira falar da grande luz, o Sol.
> Mas quando põe a cabeça de fora,
> A Mão a segura e a enfia no anzol[18].

Nesse ponto não se pode esquecer um famoso conto de Borges[19]. Dois teólogos, Aureliano e Juan de Panonia, divergem doutrinariamente. Cada um acha que o outro é herege. Promovem concílios, discutem e dos argumentos eles evoluem para a intriga, a traição, a destruição de códices e palimpsestos e, para variar, o incêndio das bibliotecas. Por fim, Juan de Panonia é derrotado e, como sempre, acaba na fogueira.

A história termina no Paraíso onde Aureliano vai procurar Deus para comunicar a derrota do herege. Com surpresa, descobre que Deus se mostra completamente indiferente ao assunto e sequer tomara conhecimento do ocorrido. O narrador termina o

---

17. No livro *Conversa Portátil*.
18. Está no livro *Socráticas*, de José Paulo Paes. Devo esta indicação a uma ex-aluna hoje doutoranda na USP, Cibele Lopresti.
19. "Os Teólogos" de Jorge Luis Borges. Faz parte do livro *Aleph*.

conto dizendo: Aureliano soube afinal que para a insondável divindade ele e Juan de Panonia, o ortodoxo e o herege, formavam uma só pessoa.

Passagem Secreta

Este conto de Borges sugere que Deus é melhor do que certas teologias e, ao que parece, também ele prefere os teólogos charlatães. Felizmente essa palavra grega não é unívoca e dentro mesmo da tradição cristã há outras compreensões do seu sentido. Sem falar nos clássicos, existe hoje uma produção teológica respeitável que se aproxima da literatura até porque a matriz judaica do cristianismo associa a experiência da escrita à outra vida e à salvação.

E nesse caso um nome a ser lembrado, com toda a justiça, é o daquele teólogo suíço que quis "derrubar as muralhas" da teologia. O princípio hermenêutico de Hans Urs Von Balthasar recorre à arte e às categorias estéticas para nos dar a imagem do homem em sua relação com o divino, e é por isso que o lembro aqui[20]. Como lembro também o trabalho atual de Karl-Josef Kuschel e Paulo Astor Soethe, especialmente o conceito de teopoética[21], sem dúvida um dos momentos privilegiados da reflexão sobre o tema.

Nessa lista enorme de credores, devo a Adolphe Gesché[22] uma lembrança da maior importância: depois de São Bernardo dizer que Deus desceu até a nossa imaginação, não é preciso acrescentar mais nada para deixar claro que teologia é também literatura e não apenas antropologia, como queria Rahner.

---

20. Cf. *La Literatura em la Estética de Hans Urs Von Balthasar*, Cecilia Inés Avenatti de Palumbo.
21. Cf. *Os Escritores e as Escrituras*, trad. e prefácio de Paulo Astor Soethe.
22. No livro *O Sentido*.

Por isso é muito difícil aceitar a restrição de Paulino de Nola ao dizer que nossa única arte é a fé e Cristo o nosso canto[23] quando sabemos que o Verbo se fez carne e, ainda mais, como diz Derrida, que a palavra tem destino teológico pois convoca e invoca Deus, mesmo quando não o nomeia.

Assim, não dá para enumerar todos os teólogos charlatães mas eles estão espalhados por aí, neste e nos capítulos que se seguem, e será fácil reconhecê-los. Mas como do lado dos escritores mencionei a influência de Guimarães Rosa e Beckett, é justo que do lado dos teólogos registre mais uma vez o nome de Santo Agostinho, o grande representante da patrística do Ocidente. Logo ele, e por quê? Só porque o bom Sancho Pança diz no *Dom Quixote* que não há panela sem toucinho nem sermão sem Santo Agostinho? Mas isso seria apenas um *habitus* da escrita. Tenho melhores razões para citá-lo.

Ao escrever *Confissões*, Agostinho inaugura esse gênero de estudo que aproxima narrativa e existência, existência e transcendência, que é o próprio fundamento da relação entre literatura e teologia. Toda a sua obra diz isso, até mesmo aquele sermão no qual afirma, dirigindo-se a Deus: "Tu me criaste para me fazeres viver e é por isso que te conto a minha história"[24]. Por isso ele também está por trás desses textos, uma presença que facilmente se percebe, gato escondido com o rabo de fora.

Criação, existência, narrativa: Agostinho já conhece a ontologia especial da personagem literária, sabe que Ulisses e Antígona sempre estarão conosco e tinha tudo para saber que Dom Quixote não vai morrer e madame Bovary não voltará ao pó[25]. E

---

23. *Carmen* 20,31
24. A.G. Hamann em *Os Salmos*.
25. O que provocou a reação de Flaubert: "Eu morro como um cão e essa puta da Bovary vai ficar". Cf. "O Duro Desejo de Durar" em *George Steiner à Luz de Si Mesmo*.

é assim mesmo, a literatura não tem o elixir da vida eterna mas, como a teologia, tem sede de eternidade[26].

Outra razão que me leva a invocar Agostinho: sendo o maior teólogo da patrística latina, sua formação na universidade de Cartago faz dele um professor de literatura, um cultor das letras clássicas e um grande escritor[27] Sabemos que para garantir a salvação os santos se viram cada um como pode, segundo o próprio temperamento ou a própria loucura. Como Proust, Santo Agostinho escreve, e não para de escrever, e usa a mesma palavra – *pellis* – para designar, ao mesmo tempo, o pergaminho em que escreve e sua própria pele. É movido por seu *affectus* e não separa o sensível do saber. A esse respeito, Peter Brown, seu biográfo, observa que, a propósito do *Hortênsio* de Cícero, Agostinho jamais diria "ele mudou minha opinião", e sim, "ele mudou meu modo de sentir" – *mutavit affectum meum*[28].

E além do mais, quem mereceu o primeiro lugar num concurso de poesia dramática, mesmo dispensando a ajuda do astrólogo[29], tem tudo para ser o padroeiro dos teólogos charlatães, os que "sentem" vislumbres epifânicos na literatura[30]. Ele diz isso no quinto livro das *Confissões*. Como tinha formação literária, quando ouvia os sermões de Ambrósio deixava de lado os ensinamentos e ficava atento à forma, ao estilo, ao modo como se juntavam as palavras. "Contudo, junto com as palavras que me deleitavam iam-se também infiltrando no meu espírito os ensi-

---

26. Unamuno termina assim o seu livro sobre Dom Quixote: "Não pode contar a tua vida, nem explicá-la, nem comentá-la, meu senhor Dom Quixote, quem não for tocado, como tu, pela loucura de não querer morrer".
27. Como exemplo, basta ver o que dizem sobre isso Jean Bayet em sua *Littérature latine*, Auerbach em *Mimesis*, Todorov em *Teorias do Símbolo*.
28. Peter Brown, *Santo Agostinho, uma Biografia*.
29. Cf. o Livro IV das *Confissões*.
30. O próprio Agostinho teve esses vislumbres ao seguir a interpretação que via elementos proféticos na quarta écloga de Virgílio anunciando o nascimento de Cristo.

namentos que desprezava" de modo que "já não os podia discernir uns dos outros"[31].

E não se pense que por ser teólogo charlatão Santo Agostinho deixa de nos apontar o caminho para a santidade. É o contrário, como se lê nesse poema de Kurt Vonnegut:

> Quando eu era bem mais jovem
> era cínico e mesquinho,
> bebia e caçava as moças
> tal como Santo Agostinho.
> Santo Agostinho
> acabou virando santo.
> Se eu também der um jeitinho,
> mamãe, não vá morrer de espanto[32].

A confraria dos teólogos charlatães conhece muito bem a angústia da influência[33] agostiniana na literatura ocidental, muito visível nos modernos e de maneira bem clara nos céticos e nos ateus[34], como neste exemplo de Jorge Luis Borges: *Tu ausência me rodea como la cuerda a la garganta*[35].

É precisamente essa ausência sentida no teatro, no romance, na poesia, na arte em geral que nos abre para a teologia, ou para as teologias, mais precisamente para o interesse pela relação entre a literatura e o divino. Em outras palavras, pela passagem secreta que existe entre as duas. Se, pela capacidade de percepção,

---

31. Tradução de J. Oliveira Santos e A. Ambrósio de Pina para a edição de Vozes, 2000.
32. Estou usando a tradução de Ronaldo Sérgio de Biasi na edição brasileira que a Record publicou em 1991.
33. Aproveitando o título de Harold Bloom.
34. Em *A Natureza da Narrativa*, para dar um exemplo, Robert Scholes e Robert Kellog mostram a influência de Agostinho em Joyce e em toda narrativa psicológica de tradição proustiana.
35. No poema "Ausencia".

os artistas são mesmo as antenas da raça[36], mais cedo ou mais tarde o poeta ouvirá a mesma voz que Santo Agostinho ouve nos *Soliloquia*[37].

Mas convém deixar claro que o interesse aqui não é pela relação entre teologia e literatura, mas pela relação contrária entre literatura e teologia. Dizendo isso quero sublinhar a condição de teólogo charlatão, cujo ponto de partida é a literatura, razão pela qual este exercício não tem nenhuma verdade a anunciar, do mesmo modo como não tem a pretensão de salvar ninguém[38]. Não procurem nestas páginas nenhuma escada para subir aos Céus. Jacó anda bem longe daqui.

Fascínio e Horror

Mas nem por essa ressalva a teologia deixa de ser fascinante, em que pese o horror que por vezes inspira em certas passagens inclusive de Agostinho. É o que explica o deslumbramento que sentimos em relação aos mundos que as teologias inventam e prometem e, ao mesmo tempo, a desconfiança em relação a doutrinas que se tornam fonte de anátemas e condenações, venham elas do pai político, do pai epistemológico ou do pai religioso[39].

Assim, para dizer mais uma vez, ao falar em teologia não estou pensando em confissões de fé nem em doutrinas mas no sagrado selvagem[40], no "sentimento oceânico"[41], em tudo que vem

---

36. Cf. Ezra Pound, *The ABC of Reading*.
37. A última obra escrita em Cassiciacum, nos arredores de Milão.
38. O doutor Rieux, personagem central de *A Peste*, de Albert Camus, diria: salvar é uma palavra demasiado grande e eu me contentaria em curar os homens.
39. Como Roland Barthes já disse.
40. Lembrando os estudos de Roger Bastide em *Le sacré sauvage*.
41. Que o escritor Romain Rolland lembrou a Freud a propósito de *O Futuro de uma Ilusão*.

daquelas camadas profundas do nosso ser que Joseph Campbell chama de "zona mitogenética primordial"[42].

Teologia que incorpore uma certa dose de relativismo, como queria Chenu na famosa conferência de Saulchoir, em 1936. Uma teologia em sentido amplo e sempre no plural, como se pode falar na teologia dos pré-socráticos[43], como se pode dizer que a filosofia grega é em grande parte teologia e mesmo pensando naquela *prisca theologia* que está no transfundo cultural de todos os povos e de todas as tradições, sejam europeias, orientais, indígenas, africanas.

Por que então não pedir a bênção a Zeus e a todos os deuses e deusas do Olimpo, Afrodite nascendo das espumas do mar da Jônia, Atená de olhos verdes protegendo Telêmaco na *Odisseia*? Por que não pedir a bênção de Javé, Jesus, Shiva, Krishna, Mohamed, Iemanjá, Tupã, Xangô, Oxalá, meu pai? Essa teologia plural aprendeu que Deus muda como o fogo quando misturado com fragrâncias e é nomeado segundo o perfume de cada uma. Teologia como transteologia. Mesmo porque, como explica Krishna a Aryuna, qualquer que seja o nome pelo qual me chamares, sou eu quem responderá[44].

Dizendo de uma vez, não estou pensando em nenhuma teologia encrática[45] que, pretendendo ser o último significado, corre sempre o risco de se transformar em monstro[46]. Além do mais, o Deus de que aqui se fala não é o emplasto Brás Cubas[47] da nossa melancolia e, como diz Ricoeur, não se apresenta como solução

---

42. *As Máscaras de Deus – Mitologia Primitiva.*
43. Cf. trabalho monumental de Werner Jaeger sobre a teologia dos pré-socráticos.
44. No *Bhagavad-gita*.
45. Uma teologia fincada no kratós (poder).
46. Cf. Roland Barthes, *O Rumor da Língua*.
47. Cf. Machado de Assis, *Memórias Póstumas de Brás Cubas*.

fácil para questões insolúveis mas como índice da incompletude de nossos discursos parciais[48].

Tomar o discurso parcial como se fosse um discurso completo foi sempre o risco que afetou a teologia do Ocidente e que a fez cair naquela "deriva grave para o lado de um intelectualismo esterilizante" denunciado hoje por Clodovis Boff[49] e, no passado, por autores como Unamuno, Kierkegaard e tantos outros[50]. Daí talvez a impressão de Popper de que a teologia resulta da falta de fé[51].

Mas certamente a ligação da literatura não é com essa teologia cerebral e sim com uma teologia sensível, a teologia mística, ou a teologia do mistério tão presentes na tradição oriental[52]. A ligação da literatura, dizendo de outro jeito, é com aquela "teologia inacreditável" de que fala Graham Greene em *Quase uma Vida*. Uma teologia convertida, portanto, naquela "literatura fantástica" a que se refere Jorge Luis Borges em diálogo com Ernesto Sabato. Até porque os credos constituídos em termos puramente racionais tendem mais a impedir do que a propiciar a experiência religiosa[53]. E aqui alguns teólogos podem ficar amuados ou fazer cara feia mas temos de concordar com Jung. O que levam para a teologia os funcionários e os burocratas? Só os místicos levam criatividade à religião[54].

Temos de concordar também com René Girard. Se as pretensões científicas que dominaram mais da primeira metade do século xx entraram em colapso é necessário reencontrar outros

---

48. Cf. Paul Ricoeur, *Du texte à l'action*, p. 129.
49. Cf. *Teoria do Método Teológico*.
50. Sobre Unamuno cf. *O Sentimento Trágico da Vida*.
51. Karl Popper em *Autobiografia Intelectual*.
52. Cf. Paul Evdokimov em *La connaissance de Dieu selon la tradition orientale*.
53. Joseph Campbell, *As Máscaras de Deus*, Mitologia Oriental, p. 36.
54. Cf. Edward Hofmann, *A Sabedoria de Karl Jung*.

caminhos. As grandes obras literárias vão mais longe porque incorporam as grandes questões teológicas que constituem o *ultimate concern*[55] da existência humana. Essas questões impregnam a literatura assim como o mata-borrão é impregnado pela tinta, como se lê em Walter Benjamin, e nós por nossas lembranças, como essa que peço licença para contar numa pequena nota autobiográfica.

A Mais Bela Aproximação

O avião sobrevoava o Rio de Janeiro e já rasgava as nuvens para descer quando o comandante chamou a atenção dos passageiros para os grandes pontos turísticos da cidade. O Cristo Redentor, a Urca, o Pão de Açúcar, isso e aquilo, e concluiu dizendo: na aviação internacional essa é uma das mais belas aproximações a uma cidade. Estava justamente chegando para apresentar um seminário na PUC-RJ aproximando literatura e teologia, e pensei comigo: é o que preciso fazer, a mais bela aproximação entre as duas.

Comecei o seminário lendo uma passagem de *A Divina Comédia*, aquela na qual o viajante, desejoso de ser conduzido à presença de Deus, pede a ajuda de Virgílio, o poeta pagão[56]. A cena, uma das mais bonitas da literatura universal, se passa no Inferno. Dante, o peregrino, roga a Virgílio "per quello Dio che tu non conoscesti"[57] e assim, é a poesia, mesmo pagã, que conduz Dante ao encontro de Beatriz e só depois é que ele chega à visão de Deus. As ideias, os sistemas, as religiões passam mas a poesia não. A poesia de Dante é imortal, sua teologia, não[58] é.

---

55. Preocupação última: conceito que aparece na *Teologia Sistemática* de Paul Tillich.
56. Cf. Canto I, verso 130.
57. "Por aquele Deus que tu não conheceste".
58. Cf. Adolfo Casais Monteiro, *A Palavra Essencial*, p. 42.

Felizmente, como acabamos de ver, da parte da literatura não é necessário inventar teorias nem métodos que façam a aproximação entre as duas. Como a obra literária oferece infinitas possibilidades de leitura, a aproximação se dá naturalmente e, se a literatura não é *naturaliter christiana*, é *naturaliter theologica*, se entendermos a teologia no sentido que venho empregando neste livro. Até mesmo porque a literatura, como diz Antonio Candido[59], é muito mais intuição do que método, razão pela qual Dante pode dizer que foi "cristão oculto"[60]. E não por acaso já se disse que a criação poética é uma das raras formas de transe que ainda sobrevivem no Ocidente[61].

E da mesma maneira que, na Idade Média, a teologia era vista como um saber recebido[62], a aproximação entre as duas deve ser vista também assim, é da ordem da dádiva. Pensando nos teólogos cristãos, não se deve esquecer a advertência de Mateus e de Lucas[63]: ai de quem ficar teorizando preso nos laços de uma teologia positivista e não dançar ao ouvir o som da flauta.

Temos aqui então um novo mandamento: ouvir o som da flauta e dançar com as grandes obras literárias. O que há de especial nelas? Responderei com uma pequena história. Dois dos mais importantes físicos do século XX, Niels Bohr e Werner Heisenberg, estão passeando pelos arredores de Helsingor, na Dinamarca, quando passam em frente ao Castelo de Kronborg.

---

59. Em entrevista a Manuel da Costa Pinto ("Boletim Controvérsia" n. 138).
60. Canto XXII do Purgatório.
61. Cf. Georges Lapassade, *La Transe*, Presse Universitaire de France.
62. Cf. Francisco Catão, "A Teologia do Espírito Santo: Novas Perspectivas". A teologia era vista como um saber recebido e só na modernidade passa a ser considerada um saber construído. Na relação entre literatura e teologia há um saber construído mas também um saber recebido.
63. Mt 11,16-17; Lc 7,32.

— Não é estranho — diz Bohr — como esse castelo se modifica, tão logo se imagina que Hamlet viveu aqui? Como cientistas, cremos que um castelo compõe-se apenas de pedras e admiramos o modo como o arquiteto as reuniu. As pedras, o telhado verde com sua pátina e os entalhes em madeira na igreja compõem todo o castelo. Nada deveria alterar-se pelo fato de Hamlet ter vivido aqui, mas tudo se altera. De repente, as paredes e as muralhas falam uma língua muito diferente. O pátio transforma-se num mundo inteiro, um canto escuro nos lembra as trevas da alma humana e ouvimos o "ser ou não ser" de Hamlet. Na verdade, quase nada sabemos sobre Hamlet, apenas que seu nome aparece numa crônica do século XIII. Ninguém pode provar que ele tenha realmente vivido, e menos ainda que viveu aqui. Mas todos conhecem as perguntas que Shakespeare o fez formular, as profundezas humanas que ele foi levado a revelar. Também ele teve que encontrar um lugar na Terra, e foi aqui em Kronborg. Uma vez que sabemos disso, Kronborg torna-se um castelo diferente[64].

Se os cientistas escorregam na metafísica, por que nós não podemos? Entretanto, o que faz a diferença a que se refere Bohr? Ou, para continuar falando como os físicos, qual o *quantum* de luz que uma obra de arte — um romance, um poema, uma sinfonia, uma estátua, um quadro, uma peça de teatro, um filme — pode nos oferecer? Só fazendo a experiência, entrando em contato com elas.

Mesmo em Baudelaire, com sua desesperança tão próxima do horror, percebemos a vertigem que ele sente perante o sublime[65]. Por isso, como sugere Mircea Eliade[66], precisamos "desmistificar" os mundos e linguagens aparentemente profanos da literatura, das artes plásticas e do cinema para encontrarmos os elementos "sagrados", quase iniciáticos, que se escondem no interior de cada uma.

---

64. Werner Heisenber, *A Parte e o Todo*.
65. Cf. "As Flores do Mal e o Sublime", o belo estudo de Eric Auerbach que está no livro *Ensaios de Literatura Ocidental*.
66. No livro *Origens*, no capítulo "A Iniciação e o Mundo Moderno".

É então o caso de escolhermos uma obra entre as que tiverem esplendor estético, força intelectual e sapiência, segundo os critérios apontados por Harld Bloom[67]. Mas nesse ponto George Steiner introduz o conceito de "responsabilidade" na maneira como respondemos a ela. A leitura é uma experiência existencial, que nos compromete. Somos responsáveis diante do texto e da obra de arte em um sentido muito particular que é, ao mesmo tempo, moral, espiritual e psicológico[68].

Quem entra em contato com uma grande obra literária, como o teatro de Beckett que serve de epígrafe a este texto, se puser em prática a "suspensão da incredulidade" proposta por Coleridge verá que a literatura e a teologia estão muito perto uma da outra: ambas fazem parte de outra ordem do conhecimento, um conhecimento que vai além da consciência tecnológica da modernidade.

Por isso Simone de Beauvoir pode dizer que a tarefa da literatura, o que a torna insubstituível, é preservar o que há de humano no homem e dar ao mundo a sua dimensão humana[69]. O teólogo Andrés Torres Queiruga, por sua vez, propõe uma nova internacional que negue toda negação do homem[70]. A literatura e a teologia, se querem mesmo ser teologia e literatura, devem permanecer assim à margem dos poderes, como testemunhas de defesa dos homens.

Pensando bem, o que sabe a teologia? Sabe o que São Paulo nos diz: que vemos tudo em enigma e através de um espelho[71]. E a literatura, sabe alguma coisa? Quando Miguilin pergunta: "Mãe,

---

67. Cf. *Onde Encontrar a Sabedoria*.
68. Cf. Ramin Jahanbegloo na introdução a *George Steiner à Luz de Si Mesmo*.
69. Cf. Jorge Semprun, *Que Pode a Literatura?*
70. Cf. *A Revelação de Deus na Realização Humana*.
71. 1 Cor. 13.

mas por que é, então, para que é, que acontece tudo?!", a resposta vai além de nossa vã filosofia: "Miguilin, me abraça meu filhinho, que eu te tenho tanto amor"[72].

É assim que se fala porque a literatura, como nos recorda Ítalo Calvino, consiste precisamente neste esforço para sair dos limites da linguagem. Ela se desenvolve sempre na borda extrema do dizível e é a exigência do que está fora do vocabulário que faz a literatura movimentar-se[73].

Estamos então numa outra ordem do conhecimento, o conhecimento do segredo aberto, como o chamou Goethe. Perguntaram ao poeta: "Qual é o grande segredo?" "O segredo aberto", disse ele. Aberto para todos, visto por muito poucos: Goethe vê o mundo como diafania[74].

A literatura permite isso. Ela é entendida em pecados, sabe o que é o inferno mas também conhece o segredo do ser e tem uma sensibilidade especial para o *mysterium tremendum et fascinans* de que fala Rudolf Otto. Por que não fazer então a passagem para o poético como disse Benedito Nunes a propósito de Heidegger?

Se a Associação Ecumênica de Teólogos do Terceiro Mundo, a ASETT, não chegar a um acordo sobre os caminhos para Deus, é urgente encontrar um. O Irmão Leão, personagem do romance *Pobre de Deus*, de Nikos Kazantzakis, propõe o caminho da preguiça. Se não fosse preguiçoso, teria arranjado emprego, casado, teria mulher, filhos, sogra... e não teria encontrado Deus. O charlatão aqui propõe outro caminho: o caminho da arte. Propõe a literatura (narrativa e poesia), a música, a pintura, o cinema, a escultura como lugares epifânicos. O bom desse caminho

---

72. Cf. o conto "Campo Geral", João Guimarães Rosa, em *Manuelzão e Miguilin*.
73. Num artigo publicado inicialmente no número 402 da revista "Esprit", em 1971.
74. Cf. Thomas Carlyle, *Dante Shakespeare, Rousseau*.

é que não faz diferença se o artista duvida ou não duvida da existência do "bastardo". Beckett, ateu e teólogo charlatão, sempre estará entre aqueles vagabundos que esperam Godot.

III
O Autor Invisível

... o sabido de não existido, invenções.

GUIMARÃES ROSA

Meio bruxa meio vidente, Clarice Lispector sente algo estranho quando escreve: "Falo como se alguém falasse por mim"[1]. Quem é esse que fala por ela: o inconsciente, o superego? Essas noções vindas da psicanálise fecham a questão definitivamente ou ainda podemos aceitar a dimensão transcendente do ser humano? Carlos Dominguez Morano lembra que essas interrogações ficarão para sempre e por isso a fé que se confronta com a psicanálise aprende a viver e a permanecer na modéstia das formulações provisórias[2]. Nesse caso, fiquemos com a interrogação de Octavio Paz: "Como se chama, quem é esse que interrompe o meu discurso e me faz dizer coisas que não pretendia dizer?"[3]

---

1. Cf. *Um Sopro de Vida*.
2. Cf. *Crer Depois de Freud*.
3. Cf. *El arco y la lira*.

É Javé, o deus da Bíblia. Ele sabota a escrita, infiltra-se na literatura e se torna por fim o autor invisível dos nossos textos. Um autor teológico invisível. Como, quando e por que Javé faz isso é o que o teólogo charlatão tentará descobrir ao longo deste exercício, que prefiro chamar de invenção (*inventio*), no sentido que lhe dava Quintiliano: *Inventio* como um achado ou descoberta que a retórica antiga usava para persuadir o leitor[4]. Não se trata de tese, Deus nos livre, é *inventio* mesmo. E esta *inventio* tem como ponto de partida o título de um dos capítulos do *Diário de um Escritor*, de Dostoiévski: "Salva-se uma mentira por meio de outra". A primeira mentira a salvar, se ela pode ou precisa ser salva, é a literatura. Razão: só essa mentira essencial diz o que não sabe dizer, o que não pode dizer-se, o que ela não sabe, o que não se pode saber[5].

No capítulo indicado no parágrafo anterior, Dostoiévski chama a atenção para o seguinte:

> Note-se que Sancho, o escudeiro, é a personificação do bom senso, da prudência, da astúcia, tendo-se convertido, apesar de tudo, no companheiro do homem mais louco do mundo, ele, precisamente, e não outro! A cada instante engana o amo, engana-o como a um menino; mas ao mesmo tempo sente-se cheio de admiração pela grandeza de coração dele e acredita serem reais todos os seus sonhos fantásticos: não duvida nem um minuto que o amo chegue a conquistar uma ilha para o seu escudeiro.

Dostoiévski resume assim a relação do leitor com a literatura: cumplicidade, trapaça, admiração, confiança. É o caso de um leitor especial, Santo Agostinho, quando lê as fábulas da antiguidade, precisamente a que conta o voo de Ícaro. Para fugir do labirinto, onde foi aprisionado junto com Ícaro, Dédalo

---

4. Cf. *As Instituições Oratórias*.
5. Cf. Ítalo Calvino, "A Combinatória e o Mito na Arte da Narrativa", revista *Esprit*, vol. 402, 1971.

fabrica asas que liga com cera aos seus ombros e aos ombros de seu filho. Dédalo consegue escapar, Ícaro não: o sol derrete a cera que segurava as suas asas e ele cai. Lendo isso, nosso santo leitor chega à conclusão de que o voo de Ícaro é verdadeiro mas só é verdadeiro porque é falso[6]. Ou seja, como ele mesmo diz, "nem tudo que inventamos é mentira" e a ficção pode ser uma *figura veritatis*[7]. Agostinho percebe a verdade que se esconde na falsidade e assim reforça a importância da *inventio* na apreensão da realidade.

Mas para os que preferem uma pequena dose de "positivismo", ou argumentos mais claros que considerem mais seguros, podemos começar de outro jeito e desenvolver o tema da invenção a partir de duas ou três ideias de Kant, tiradas do livro *Prolegômenos a Toda Metafísica Futura*[8]. Kant abre esse livro dizendo que ele deve ser utilizado não para ordenar a exposição de uma ciência já existente (a metafísica), mas para que seus leitores possam *inventar*, eles mesmos, esta ciência. Depois de Santo Agostinho, Kant também autoriza o recurso à invenção. Vou segui-los neste exercício.

Em Kant, a invenção tem como núcleo central o parágrafo 58 dos *Prolegômenos*. Depois de haver afirmado, no parágrafo anterior, que a compreensão das questões últimas da existência só nos é possível por meio da analogia, o filósofo acrescenta, neste parágrafo 58, que o mais adequado para essa compreensão é imaginarmos o mundo "como se ele derivasse de uma razão suprema", imaginá-lo, portanto, *como se*. Imaginação é *inventio* e por isso me aposso da expressão *como se*: (como se fosse verdade que).

---

6. Cf. *Solilóquios*, capítulo 11.
7. Cf. o ensaio "Freud e a Interpretação", de Frank Kermode, em *Um Apetite pela Poesia*.
8. Devo esta indicação de Kant a Joseph Campbell no primeiro volume de *As Máscaras de Deus*.

Para desenvolver esta invenção, ou este *como se*, chamo em meu socorro um terceiro autor: o escritor Ítalo Calvino, num texto chamado "Os Níveis de Realidade em Literatura", apresentado em um congresso realizado na Itália, a convite dos cientistas que o promoveram[9]. Em sua exposição, para explicar a maneira como a literatura se aproxima da realidade, Calvino propõe e analisa a seguinte frase:

> Eu digo que Homero diz que Ulisses disse que as sereias disseram...

Ao nos debruçarmos sobre esta frase temos logo a sensação de que alguma coisa nos escapa. O dito não é dito ou é dito de outra maneira, como interdito, talvez. O que eu digo? Não digo nada, digo que Homero diz. Mas Homero também não diz nada: diz que Ulisses disse. E o que disse Ulisses? Nada também, disse apenas que as sereias disseram. E as sereias, o que disseram? Esse é o x da equação. Mas afinal, qual é o predicado, o que se diz efetivamente?

Calvino chama a atenção para os vários níveis de realidade contidos na frase. O primeiro: *Eu digo*. Se deixarmos de lado a questão de ordem psicológica sobre a identidade do *eu*, dá para perceber a relativa proximidade entre o *eu* que fala e os que o escutam ou leem. Se o *eu* está presente numa sala, sentado empiricamente na imanência, todos podem vê-lo, escutá-lo e mesmo tocá-lo, como o velho São Tomé recomenda que se faça.

Mas a partir do segundo nível, *que Homero diz*, as coisas começam a se complicar. Surge logo uma dúvida: onde está Homero? Homero viveu há quase trinta séculos e ainda há quem ponha em dúvida a sua existência. Como vamos acreditar no que ele disse? Mesmo porque Homero não diz nada, diz que Ulisses

---

9. Cito a tradução que Anselmo Pessoa Neto dedicou a João Alexandre Barbosa.

disse. Nesse terceiro nível as coisas se complicam ainda mais. Se não podemos confiar em Homero como vamos confiar em Ulisses que é uma invenção de Homero?

Chegamos ao quarto nível. Ulisses não diz nada, diz que as sereias disseram e aí tudo desanda. Que sereias? Elas são uma invenção de Ulisses que é uma invenção de Homero que talvez nem tenha existido. Então ficamos assim: invenção da invenção da invenção. Platão diria: cópia da cópia da cópia. Que nível de realidade é esse? Não é o nível da realidade aristotélica. Qual é?

É o nível da teologia. São Paulo vê tudo em enigma, na incerteza de quem olha através de um espelho[10]. É também o nível da ficção. Finge-se e pelo reconhecimento do fingir todo mundo organizado no texto se transforma em um *como se*[11]: uma bacia velha se transforma no elmo de Manbrino[12] e aí, sim, podemos ouvir o canto das sereias. A *episteme* é outra, envolve razão, sentimento, sonho: é *inventio*. Nesse nível, a Verona de Shakespeare nos diz muito mais do que a Verona dos roteiros turísticos. Por que não preferir a de Shakespeare? Podemos jogar fora essa possibilidade de conhecimento?

No Encalço do Suspeito

Continuemos com nossa invenção. Para descobrir como Javé sabota a literatura vamos seguir as pistas que ele deixa nos textos nos quais se infiltra. Nossa investigação começa nos capítulos 32 a 34 do livro do Êxodo, um dos cinco primeiros livros da Bíblia Hebraica. O que sabemos de Javé, no início da investigação, não é muito favorável a ele. Sabemos que é contraditório, imprevisível,

---

10. Na primeira epístola aos Coríntios.
11. Luis Costa Lima em *Teoria da Literatura em suas Fontes*, vol. 2.
12. Cf. o *Dom Quixote* de Cervantes.

temperamental, capaz de todas as bondades e de todas as maldades. Um indivíduo suspeito, uma folha corrida cheia de fatos inexplicados, aliás ele não é nenhum santo, como nos assegura uma testemunha idônea, o teólogo Jack Miles[13].

Vivendo sozinho desde toda a eternidade, acostumou-se a fazer o que bem entende. É o criador de tudo e o dono absoluto da palavra: "Vai lá e diz" – e lá vai Moisés como mero repetidor do que ele disse. Esse é Javé e, à falta de fotos ou mesmo de um retrato falado que nos permitam fazer seu reconhecimento, temos à disposição os afrescos de Miguelangelo no teto da Capela Sixtina. Lá está Ele, o poderoso chefão.

Pelas observações iniciais que estamos fazendo já podemos deduzir que nosso personagem não se contenta em ter sua palavra transmitida oralmente por esse ou aquele profeta. Ele tem outras pretensões: quer ser conhecido não apenas como criador do mundo mas como autor, no sentido moderno da palavra. Certos indícios indicam seu gosto pela escrita. Os primeiros livros da Bíblia aparecem na Mesopotâmia, entre os rios Eufrates e Tigre, justamente a região por onde anda Javé.

O certo é que Javé escreve e entrega a Moisés o seu Escrito, os *Mandamentos* que devem ser seguidos pelos homens. O que faz Moisés? Moisés é de uma ousadia inacreditável: funda a literatura hebraica jogando ao chão e quebrando as pedras onde Javé gravara o seu Escrito. Lá se vai a obra do artista. Nesse instante, o leitor do Êxodo se arrepia, sabendo como ele é, um *grafocrata* fanfarrão do tipo "Bateu levou."

Mas esse é o momento da surpresa: quem está no encalço do suspeito se surpreende porque não acontece nada. Pelo contrário, o que se vê é um Javé humilde pedir a Moisés que lhe arranje outra pedra. Ele copia linha por linha, mandamento por man-

---

[13]. No livro *Deus, uma Biografia*.

damento e entrega outra vez o seu Escrito para que Moisés, seu agente literário, o leve aos homens.

O que há por trás disso? Por que essa insistência de Javé? Ele não é tolo, sabe que dessa vez Moisés vai levar o seu Escrito aos humanos. Mas, para alguma coisa há de servir a onisciência: sabe também que, com o passar do tempo, os humanos vão esquecer o que ele escreveu. Que aborrecimento! Dói saber que no futuro será um escritor esquecido – e viu Javé que isso não era bom. O que faz ele? Concebe um plano B, uma vingança sutil, não aquela abrutalhada do olho por olho e dente por dente, uma vingança refinada, para isso ele é a mente suprema. E desde então, como já disse Merleau-Ponty, Javé se torna um passageiro clandestino na literatura.

É fantástica a maneira oblíqua como ele se infiltra no *Dom Quixote* de Cervantes. Referindo-se a Dulcineia, sua dama, o Cavaleiro da Triste Figura afirma: "É ela quem peleja em mim e vence em mim; eu vivo e respiro nela, e nela tenho o alento e ser"[14]. Que leitor não percebe nessa frase uma ressonância dos textos bíblicos?[15] É assim que Javé vai preparando o leitor, penetrando no texto de mansinho, para depois dar o bote.

O bote ele dá no capítulo seguinte do *Dom Quixote*, quando a conversa gira em torno do amor e devoção que há entre os cavaleiros e suas damas. "Já ouvi pregar que é com essa forma de amor que se deve adorar Deus Nosso Senhor – replicou Sancho. – Adora-se por quem é, sem que mova o coração de um homem esperança de galardão ou temor das penas eternas. Cá por mim gosto de amá-lo e servi-lo por um fim, seja ele qual for". Estão vendo? Ele se intromete nos amores entre os cavaleiros e suas damas e deixa em Sancho, nos que ouvem as palavras do escudeiro e

---

14. Capítulo XXX do vol. I. A referência é a edição Clássicos Garnier, da Difel, com trad. de Aquilino Ribeiro.
15. *Atos dos Apóstolos*, 17: 28: "Nele vivemos, nos movemos e temos o nosso ser".

em todos nós um pouco do seu veneno. Devemos amar Javé como os cavaleiros amam as damas, *mutatis mutandis*, naturalmente.

O autor pode ser crente, agnóstico ou ateu, tanto faz, ele sempre dá um jeito de insinuar-se na obra e de algum modo falar ao leitor. Como Clarice, Cortázar[16] também sente algo que não sabe explicar:

> Ao escrever contos, sempre me sinto um pouco como um médium; vejo as frases nascerem com uma certa independência das minhas decisões, como se estivessem sendo ditadas por alguém. Não tenho problemas para assinar os romances, mas tenho uma certa vergonha de assinar os contos. Não estou certo de ser eu o autor deles[17].

Por que Javé faz isso? Por inveja. Ele inveja a capacidade criadora dos escritores. Mas como?! Que Platão inveje os trágicos gregos, nós entendemos. Mas Javé? No universo bíblico em que ele vive, todos os verbos que indicam o ato de criar têm apenas um sujeito e esse sujeito é ele mesmo[18]. Quer dizer, criação é com ele, a ponto de Unamuno poder dizer que Deus não pensa, cria[19].

No entanto, numa página de Borges, Javé confessa a sua inveja: "Eu sonhei o mundo como tu sonhaste a tua obra, meu Shakespeare, e entre as formas do meu sonho estás tu que, como eu, és muitos e ninguém"[20]. Confissão tão cândida que só podemos simpatizar com ele. Mas a prova da inveja está aí, confessada: ele quer ser Shakespeare e, como não consegue, sabota o que os escritores escrevem. Mas não só. Não o vimos sabotando a música de Mozart como desconfiava Antonio Salieri no filme de

---

16. O escritor argentino Julio Cortázar, autor do famoso *Rayuela*.
17. Cf. Ernesto González Bermejo, *Conversas com Cortázar*.
18. Cf. o verbete "Criação" no *Dicionário Crítico de Teologia*, de Jean-Yves Lacoste.
19. Em *O Sentimento Trágico da Vida*.
20. Cf. "Everything and Nothing", em *El Hacedor*.

Milos Forman?[21] Por falar em filme, em *E la nave vá*, de Fellini, a personagem central, uma cantora, sugere que alguém a antecede no canto e canta por ela? No poema "Les pas", de Paul Valéry – quem diria – o leitor pode suspeitar de um criptodiálogo entre o eu lírico e a divindade. Inveja de Shakespeare?

Mas não é só inveja não, é também ciúme. Desde Proust e de Dostoiévski o romance conhece a psicologia dos ciumentos, o que eles são capazes de fazer. Eis o que se lê em *Os Irmãos Karamázov*: "[...] embora tendo sentimentos elevados, um amor puro e devotado, pode uma pessoa esconder-se debaixo de mesas, comprar tratantes, prestar-se à mais ignóbil espionagem". Javé prefere atuar introduzindo um elemento de perturbação na subjetividade do artista.

A Sabotagem do Discurso

Na invenção que estou fazendo, quem revela maior grau de consciência em relação à sabotagem é Jorge de Lima, o grande poeta brasileiro de *A Túnica Inconsútil, Invenção de Orfeu* etc. Basta ler o poema intitulado "Alta Noite Quando Escreveis":

> Alta noite, quando escreveis um poema qualquer
> sem sentirdes o que escreveis,
> olhai vossa mão – que vossa mão não vos pertence mais;
> olhai como parece uma asa que viesse de longe.
> . . . .
> Se não credes, tocai com a outra mão inativa
> as chagas da Mão que escreve.

É sabotagem ou não? E a primeira coisa que nos vem à cabeça depois de ler esse poema é o conceito de escrita automática

---

21. Referência ao filme *Amadeus*.

dos surrealistas. Se é isso, a escrita automática de André Breton, o fluxo de consciência de William James ou o inconsciente coletivo de Jung, se ele instala uma câmera ou um microfone na cabeça do poeta, o fato é que Javé se infiltra no texto: "Tocai com a outra mão inativa as chagas da Mão que escreve". Mas alguém pode objetar que Javé entra na poesia de Jorge de Lima porque Jorge de Lima é um poeta religioso e consente. Esse argumento seria perfeito se Javé não se infiltrasse também na obra de agnósticos e ateus.

Vou dar alguns exemplos e, para começar, escolhi um que está bem perto de nós, *O Evangelho Segundo Jesus Cristo*, do nosso José Saramago. Ateu dos bons, nos perguntamos por que Saramago não deixa Deus em paz. Chega mesmo a ser escandaloso: quase sempre de forma negativa, não importa, o sopro de Deus paira por toda a obra de Saramago como pairava sobre águas no momento da criação. O que se passa? Saramago não deixa Deus em paz ou é o contrário?

O Evangelho Segundo Jesus Cristo é uma leitura contundente da Bíblia. O romance é cruel com Javé. Se essa leitura é a única leitura possível, então Javé não se salva, tem sede de sangue, não tem remorso e estamos perdidos. Pinço algumas passagens como exemplo. Na p. 131:

> Deus não dorme, hoje estamos em boas condições de saber porquê, Não dorme porque cometeu uma falta que nem a homem é perdoável.

Na p. 83:

> [...] passados já tantos séculos, com tanta dor acumulada, Deus ainda não se dá por satisfeito e a agonia continua.

O que chama a atenção é a maneira diferente como o romance se refere ao Pai e ao Filho. Um exemplo tirado da p. 243:

No fundo, talvez o caso de Jesus à primeira vista incompreensível nas circunstâncias de tempo e de lugar, seja apenas uma questão de sensibilidade...

Outro exemplo, este da p. 200:

Este rapaz que vai a caminho de Jerusalém, quando a maioria dos da sua idade ainda não arriscam um pé fora da porta, talvez não seja exactamente uma águia de perspicácia, um portento de inteligência, mas é merecedor do nosso respeito...

Em todo o romance, quando se fala de Jesus, o tom é esse. Respeito, carinho, cumplicidade, admiração. É flagrante a diferença quando se trata do Pai. Então o velho Javé, muito espertamente, convoca o Diabo para fazer uma interpolação no texto de Saramago. É a única maneira de entender esta frase dita pelo Diabo na p. 312:

[...] o sistema do Senhor, digo-te eu que sou da casa, é ele ser sempre o contrário de como os homens o imaginam.

Essa frase desdiz todo o romance. Então Deus é o contrário do que Saramago diz – e fica a dúvida no espírito do leitor.

Agora, Dostoiévski

Voltemos a Dostoiévski para examinar um texto que também parece interpolado em *Os Irmãos Karamázov*. O texto a que me refiro e onde a sabotagem é maior está na quinta parte do romance e tem o título de "A Lenda do Grande Inquisidor", um diálogo entre os irmãos Aliocha e Ivan. O primeiro é religioso, noviço da Igreja ortodoxa russa. O segundo um ateu revoltado. É Ivan quem compõe esse texto que ele mesmo chama de poema. Cena belíssima, cinematográfica, na qual se percebe o que venho chamando de a sabotagem do texto.

Vamos nos concentrar na leitura dessa passagem do romance. A história se passa no século XVI, em Sevilha, na época o grande centro da Inquisição. Cristo decide reaparecer ali, dezesseis séculos depois, curioso talvez de saber em que deu a sua pregação e o que resultou depois de sua morte.

Instintivamente o povo começa a segui-lo. Ele anda calmamente pela rua, abençoando crianças e doentes. Uns gritam: "É ele, só pode ser ele". Uma voz clama: "Ressuscita minha filha, senhor". Um cego brada: "Cura-me, e eu te verei". Um a um, o forasteiro os olha e os cura. A multidão ri, canta, chora. Do outro lado da rua, o cardeal inquisidor observa a cena, desconfia e manda prender o forasteiro. À noite, o cardeal vai visitá-lo. Vale a pena ler essa passagem do romance:

> Nas trevas, a porta de ferro da masmorra abre-se de repente e o grande inquisidor aparece, com um facho na mão. Está só, a porta torna a fechar-se atrás dele. Para no limiar e observa atentamente a Santa Face. Por fim, aproxima-se, pousa o facho sobre a mesa e diz-lhe: – "És tu, és tu?" – Não recebendo resposta, acrescenta rapidamente: – "Não digas nada, cala-te. Aliás, que poderias dizer? Sei demais. Não tens o direito de acrescentar uma palavra mais do que já disseste outrora. Por que vieste estorvar-nos? Porque tu nos estorvas, bem o sabes. Mas sabes o que acontecerá amanhã? Ignoro quem tu és e não quero sabê-lo: tu ou apenas tua aparência; mas amanhã eu te condenarei e serás queimado como o pior dos heréticos, e esse mesmo povo que hoje te beijava os pés precipitar-se-á amanhã, a um sinal meu, para alimentar tua fogueira".

Beijo e Traição

Quem lê o romance pode notar a diferença de palavras e expressões usadas quando dizem respeito ao cardeal e quando dizem respeito ao prisioneiro. Repete-se o que acontece no romance de Saramago. Quando se trata do cardeal e dos que estão ao seu redor, as palavras adquirem uma cor soturna. Na hora do enterro da menina, quando percebe o alvoroço do povo diante do recém-chegado, o padre que vai fazer a encomendação do corpo *franze o cenho*. O cardeal tem o *rosto dessecado, olhos cavados*. Seus auxiliares são *sombrios*. Depois de ver a ressurreição da menina, seu rosto *ensombreceu-se*. Seus olhos *brilham com um clarão sinistro*. A noite de Sevilha *é sufocante*. É *nas trevas* que o cardeal vai encontrar o prisioneiro. Terror de cinema.

Quando se trata do recém-chegado, as palavras são outras, outros sons, outros significados, um campo semântico completamente diferente. Ele aparece *docemente*. Passa pelo povo *com um sorriso de compaixão infinita*. Seu coração *está abrasado de amor*. Mas o que marca bem a diferença entre os dois é esta frase dita pelo inquisidor: *amanhã eu te condenarei e serás queimado como o pior dos heréticos*. E quem quiser saber por que o cardeal o condena, é só prestar atenção à pergunta que ele faz ao prisioneiro: "Por que vieste estorvar-nos?"

Essa é a questão. O prisioneiro é um estorvo para o cardeal, e por quê? Para compreendê-lo é necessário acompanhar o que se passa no interior da cela. Um verdadeiro monólogo no qual o inquisidor se explica e repreende o prisioneiro. Lê-se no romance: "O que é preciso somente notar é que o inquisidor revela afinal seu pensamento, desvenda o que calou durante toda a sua carreira". O que ele calou e o que desvenda agora?

Nesse ponto precisamos pedir a Gérard Genette o favor de nos explicar o que é intertextualidade porque é evidente que essa passagem do romance tem como prototexto a Bíblia. Aliás, repetindo um lugar comum, não tão comum, sem a Bíblia não teríamos Dostoiévski. Agora, falando de maneira mais precisa, a referência é aos Evangelhos e naturalmente a Cristo. E o que o inquisidor calou durante toda a sua carreira e nos diz agora é que a Igreja não só corrigiu a pregação de Cristo como também o abandonou: *"Não estamos contigo mas com ele, desde muito tempo já"* (grifo meu). O inquisidor prossegue: "Há justamente oito séculos que recebemos dele esse derradeiro dom que tu repeliste com indignação, quando ele te mostrava todos os reinos da terra; aceitamos Roma e o gládio de César e declaramo-nos os únicos reis da terra". Uma traição. Sim, mas por quê?

Porque, na visão do inquisidor, os humanos são débeis, são crianças dignas de dó, a quem é preciso oferecer "uma felicidade infantil" que só alcançarão quando aprenderem "o valor da submissão definitiva". Eles precisam disso para serem felizes. No entanto, a pregação de Cristo vai num sentido diferente. "Aumentaste a liberdade humana em vez de confiscá-la", "desejavas uma fé livre", "foste tu, elevando-os, quem os ensinou a serem orgulhosos". Com isso, diz o cardeal, o rebanho se dispersou. "Mas o rebanho se recomporá, voltará a obedecer e será isso para todo o sempre".

Enquanto o inquisidor monologa, o prisioneiro se cala.

– Porque guardas tu o silêncio, fixando-me com teu olhar penetrante e terno? É preferível que te zangues, não quero o teu amor, porque eu mesmo não te amo. Por que haveria eu de dissimular isso?

Nesse ponto Aliocha quer saber de Ivan como termina o poema:

– Como acabou teu poema – continuou de olhos baixos – Ou já se acabou?

– Queria acabá-lo assim:

O inquisidor se cala, espera um momento a resposta do prisioneiro. Seu silêncio lhe pesa. O cativo escutou-o todo o tempo, fixando-o com seu olhar penetrante e calmo, visivelmente decidido a não lhe dar resposta. O velho queria que ele lhe dissesse alguma coisa, ainda mesmo palavras amargas e terríveis. De repente, o prisioneiro aproxima-se em silêncio do nonagenário e beija-lhe os lábios exangues. É toda a sua resposta. O velho

estremece, seus lábios tremem, vai à porta, abre-a e diz: "Vai-te e não voltes mais... nunca mais".
- E o velho? Insiste Aliocha.
- O beijo queima-lhe o coração mas ele persiste na sua ideia.

O prisioneiro e o inquisidor falam línguas diferentes, não têm mais nada a dizer um ao outro. Mas nós temos muito o que pensar. Essa passagem de *Os Irmãos Karamázov* é certamente um dos pontos altos da literatura universal e temos nesse sentido o testemunho de muitos autores, entre os quais, Freud[22]. Por outro lado, é sabido que *Os Irmãos Karamázov* detém o ponto mais alto da tensão na relação entre Dostoiévski e Deus. Sentimos isso no capítulo anterior a "O Grande Inquisidor", no qual Ivan e Aliocha desenvolvem um longo diálogo sobre o sofrimento humano. A certa altura diz Ivan:

– [...] Imagina que os destinos da humanidade estejam entre tuas mãos e que, para tornar as pessoas definitivamente felizes, seja indispensável torturar um ser apenas...Consentirias tu, nestas condições, em edificar semelhante felicidade?
– Não, não consentiria.

Então Ivan mostra o mundo como um lugar de injustiças, fala do sofrimento humano, inclusive de inocentes, e diz essa frase fulminante:

– Prefiro entregar meu bilhete de entrada (*no mundo*). Como homem de bem, tenho mesmo obrigação de devolvê-lo o mais cedo possível.

Mas para nossa surpresa, o Ivan que pensa em devolver o seu bilhete de entrada no mundo é o mesmo que compõe "A Lenda

---

22. Em *Dostoievski and Parricide*.

do Grande Inquisidor", poema que expressa uma mudança radical na sua revolta. Aliocha o percebe muito bem:

> – Mas...é absurdo! – exclamou, corando – Teu poema é um elogio de Jesus e não uma censura...como querias.

É ou não é sabotagem? Vai o escritor escrever uma coisa e escreve outra! "Como se chama, quem é esse – perguntará o poeta e ensaísta Octavio Paz – que interrompe meu discurso e me faz dizer coisas que eu não pretendia dizer?"[23]

O Sabotador Desmascarado

Mas o melhor ainda está por vir. Javé sempre dá um jeito de aparecer nas entrelinhas da ficção mas aqui ele se supera e surge, de viés, de dentro do texto, nesta perplexa confissão do ateu Ivan:

> Decidi [...] não procurar compreender Deus. Confesso humildemente minha incapacidade em resolver tais questões, tenho essencialmente o espírito de Euclides: terrestre. De que serve querer resolver o que não é deste mundo? E aconselho-te a jamais quebrar a cabeça a respeito, meu amigo Aliocha, sobretudo a respeito de Deus: existe ele ou não? Essas noções estão fora do alcance dum espírito que só tem a noção das três dimensões. Assim, admito Deus não só voluntariamente, mas ainda sua sabedoria, seu fim que nos escapa; creio na ordem, no sentido da vida, na harmonia eterna, na qual se pretende que nos fundiremos um dia; creio no Verbo para o qual propende o Universo que está em Deus e que é ele próprio Deus, até o infinito. Estou no bom caminho?

Depois dessa confissão de Ivan iluminando todo o romance, o que resta do inquisidor? O rosto dessecado e ensombrecido, um clarão sinistro nos olhos e uma ideia fixa: a obsessão pelo

---

23. Cf. *El arco y la lira*.

poder. Aliás, aprendemos com Dostoiévski que o inquisidor, e não o prisioneiro, é que veio estorvar-nos. E do prisioneiro, o que guardamos? Para dizer numa palavra: a cena do beijo, uma das maiores cenas da literatura universal.

Chegando agora ao fim do ensaio, sabemos como termina a lenda do grande inquisidor. E esta *inventio*, de que modo termina? Assim como Raskólnikov encontra Cristo no final de *Crime e Castigo*, Ivan, o ateu, passa por uma espécie de *metanoia* e, nas palavras de Aliocha, Deus subjuga seu coração rebelde. Por isso Marshall Berman tem razão ao iniciar seu livro sobre a modernidade[24] dizendo que Ivan não devolve o seu bilhete de entrada: "Ele continua a lutar e a amar; ele continua a continuar". E quanto ao leitor? Digamos que está completamente seduzido e preso na armadilha de Javé: junto com Ivan, fica ao lado de Cristo, mas muito longe do inquisidor e de tudo que ele representa.

Por isso eu digo que Homero diz que Ulisses disse que as sereias disseram que esta é a extraordinária sabotagem que confirma a hipótese inicial. Javé realiza o seu projeto e tem sempre um "encontro marcado"[25] na literatura. Nesta *inventio*, o encontro se confirma no momento em que Saramago e Ivan, aceitando o filho, indiretamente aceitam o Pai. Então, se Nietzsche o chama de salteador de estradas, podemos chamá-lo, com todo respeito, de sabotador da literatura. Mas o melhor de tudo mesmo é descobrir Javé escondido no fundo das entrelinhas, piscando o olho para o leitor e escrevendo certo por linhas tortas.

---

24. *Tudo que É Sólido Desmancha no Ar*.
25. Alusão ao livro de Fernando Sabino.

IV
Desusado Forasteiro[1]

... um descanso na loucura.

GUIMARÃES ROSA

Amores de gato? Podemos ver esses amores nas relações de amor e ódio entre literatura e teologia, na maneira como elas se aproximam e se afastam, nas sabotagens por que passam e, a partir daí, perguntar se elas ainda podem viver juntas. Faremos isso sob a invocação de Guimarães Rosa partindo da leitura, ou melhor, da transleitura de um conto que faz parte do livro *Tutameia*[2]. Trata-se da estória do jagunço Jeremoavo, de como ele chega a um lugarejo chamado "Barra da Vaca", que dá nome ao conto, dos seus encontros e desencontros com Domenha e, finalmente, do que lhes acontece e de como termina essa aventura nas margens do rio Urucuia. Vamos lá.

---

1. Uma primeira versão deste texto foi publicada no número 78 (ano 2008) da *Revista USP*. Foi depois apresentada na PUC-RJ num seminário comemorativo dos 100 anos de Guimarães Rosa.
2. Todas as citações do conto "Barra da Vaca" são extraídas da 3ª Edição de *Tutameia*, Rio de Janeiro, José Olympio, de 1969.

Primeira Margem

"Sucedeu então vir o grande sujeito entrando no lugar." É assim que o conto se abre, e o narrador vai logo dizendo o que sabe do jagunço. Aliás, desde o início o narrador se preocupa em dar informações para o leitor acompanhar o que se passa entre Jeremoavo e os moradores daquele "ribanceiro arraial de nem quinhentas almas". Ribanceiro – ele chama – porque Barra da Vaca fica na margem alta ou na ribanceira do rio Urucuia.

Ao apresentar Jeremoavo, a primeira coisa para a qual ele chama a atenção é para o fato de que se trata de "um capiau de muito longíquo". Ninguém ali o conhece e todos o olham com uma mistura de curiosidade e desconfiança, e também um pouco de ironia, principalmente porque ele vem "pisando o arenoso", sem saber direito para onde vai mas indo, como diz o narrador, "em aflito caminho para nenhuma parte".

Quem chega às margens da teologia vindo da literatura, portanto, de outros sotaques, de outras bibliotecas e de outras ignorâncias sente-se também um capiau de muito longíquo e se identifica com Jeremoavo mesmo porque, nas suas andanças pelo sertão em busca de alguém ou de alguma coisa, Jeremoavo, como personagem, é a representação da própria literatura. A identificação torna-se mais visível *ma non troppo* quando o narrador diz a seguir do nosso jagunço: "Tomou fôlego, como burro entesa orelhas no avistar um fiapo de povo mais a rua, imponente invenção humana". Ao avistar a rua, representada por possíveis leitores, entesar as orelhas propriamente o crítico não entesa mas toma fôlego, sim, para criar coragem e prosseguir na leitura do conto. E quando o narrador diz depois que Jeremoavo "tinha vergonha de frente e de perfil", isso só reforça a timidez natural do crítico diante de um tema difícil e meio suspeito como esse da aproximação com a teologia.

Mais adiante, porém, no momento em que o narrador declara que Jeremoavo "devia também de alentar internas desordens no espírito", é melhor o crítico passar adiante para que não se pense que aproximar literatura e teologia seja necessariamente uma desordem do espírito. Claro que não é e a identificação entre os dois se reata logo no momento seguinte. Lembremos que na cena inicial, quando se abre a narrativa, Jeremoavo vem entrando na aldeia, vem vindo devagar, montado no seu cavalo raposo. Desmonta, aproxima-se das primeiras casas, meio desconfiado. Os moradores, também desconfiados, o olham com receio e ele – o narrador diz – "Sem jeito para acabar de chegar, se escorou a uma porta, desusado forasteiro".

Desusado forasteiro no campo da teologia, o crítico também não sabe direito como "acabar de chegar" ao tema que se propõe discutir. Precisa de uma porta para se escorar mas onde está a porta? Está no "querer solerte das palavras vindo de longe, de dentro da gente mesmo"[3]. Em literatura ninguém segura o "querer solerte das palavras" e por isso é sempre necessário voltar ao texto.

Depois de permanecer durante algum tempo sem jeito para acabar de chegar, Jeremoavo foi chegando, foi entrando na aldeia e acabou achando comida, abrigo e afeto na pensão de Domenha. Estava cansado e por essa razão – diz o narrador – "se amoleceu, sem serenar os olhos." Mas o que quer dizer o narrador quando informa que Jeremoavo "se amoleceu"? O próprio narrador explica mais adiante que Jeremoavo estava "alquebreirado, tonteava" e, se insistirmos na razão desse mal-estar, ficaremos sabendo que se trata da "cólica dos viajantes", uma enfermidade que parece afetar todos aqueles que se aventuram para além de suas fronteiras, inclusive as fronteiras metodológicas que separam as

---

3. Guimarães Rosa: "Uma Estória de Amor", em *Manuelzão e Miguilin*.

disciplinas. É bom estar prevenido: aproximar literatura e teologia pode provocar alguma reação.

No caso de Jeremoavo, o efeito colateral que o deixa "alquebreirado" é a percepção de que se encontra na fronteira de uma disciplina problemática – a teologia – na qual o mais seguro é não pensar por si mas jurar sempre na palavra do mestre[4]. "O Sr. se agrada?" Felizmente, ouve a voz de Domenha, a dona da pensão, "dando-lhe num caneco tisanas de chá, ele estirado em catre". O narrador chama atenção para esse fato: "Tratavam-no, e por caridade pura, a que satisfaz e ocupa". Precisamos prestar atenção a essa palavra de ressonância teológica: caridade.

Entretanto, na medida em que as forças vão voltando-lhe ao corpo, Jeremoavo "se perturbava, pelo já ou pelo depois, nos mal-ficares". Ou seja, sente que sua independência não é uma situação muito confortável uma vez que a "caridade pura" de Domenha corre sempre o risco de ser aos poucos substituída por outras teologias. Alguns moradores já não aceitam a presença de Jeremoavo na aldeia. Foram investigar sua vida e "sem donde se saber, teve-se aí sobre ele a notícia. Era brabo jagunço! Um famoso, perigoso. Alguém disse".

É a desconfiança que a literatura sempre desperta. O que acontece quando corre essa notícia? "Se estarreceu a Barra da Vaca, fria, ficada sem conselhos." E então – o narrador conta – "Se'o Vanvães disse a Seo Astórgio, que a Seó Abril, que a Siô Cordeiro, que a Seu Cipuca: – Que fazer?" Na boca de Lênin essa mesma pergunta deu origem a uma ideologia que acabou no Gulag. Na boca de Se'o Vanvães, um perigo para Jeremoavo.

Depois de confabularem sobre o assunto, as autoridades da aldeia tomam uma decisão: "que, por hora, mais o honrassem". O texto que estou assediando mostra como são tortuosos os

---

4. Cena 3 do Quadro V do *Fausto* de Goethe.

caminhos do poder. E a esse propósito, convém lembrar Jorge Semprun quando diz que a burguesia sempre alimentou uma desconfiança exagerada em relação à literatura[5]. Com as burocracias religiosas é também assim e por causa disso a literatura sempre está em perigo. Um credo na mão ou uma ideologia na outra, há sempre alguém desejando neutralizá-la. E isso se faz de diferentes maneiras, dependendo do momento e das circunstâncias históricas.

Para neutralizar a literatura, pode-se prender, exilar, assassinar os escritores ou então assimilá-los, integrá-los, cooptá-los. Há várias maneiras de transformá-los em pessoas respeitáveis, condecorando-os com a Ordem disso e daquilo, colocando-os no primeiro lugar de uma lista dos mais lidos, sem falar nos prêmios, o maior deles o Nobel. Mas não há Nobel em Barra da Vaca, o que fazer?

Depois da decisão tomada pelos cinco – "que, por hora, mais o honrassem" – começa uma nova fase na vida do nosso jagunço. Convites para conhecer a aldeia, o próprio Seô Vanvães se encarregando de levá-lo pela mão para visitar as pessoas. No entanto, Jeremoavo é sempre visto como um estranho.

Para uns, era um "patrulho espião, que esperava bando de outros, para estrepolirem". Para outros, "parecia até às vezes homem bom, sério por simpatia com integridades. Mas de não se fiar". Em suma, tinham medo e, ao mesmo tempo, gostariam de poder desqualificá-lo, reduzi-lo, como se tentou, a "o velho da galhofa". Mas não se podia reduzi-lo simplesmente a isso porque pesava contra ele, segundo nos conta o narrador, uma acusação inapelável: Jeremoavo "quebrava a ordem das desordens", ou seja, quebrava a ordem do discurso social.

---

5. Intervenção em debate sobre literatura e política organizado por Yves Buin em Paris, 1964.

De onde os moradores foram tirar essa ideia, como saber? Assim como não sabemos também se alguma vez Platão passou pelo sertão de Minas. O que se sabe é atestado pelo narrador numa frase que, sozinha, constitui um parágrafo: "E aquela aldeiazinha produziu uma ideia". É a única vez em que o narrador emprega o diminutivo para se referir a Barra da Vaca. Uma ironia, talvez, como se quisesse dizer que a República torna-se menor quando expulsa os seus poetas. Mas qual é mesmo essa ideia?

Como as homenagens não mudassem o caráter de Jeremoavo e ele persistisse "na calada da consciência", as autoridades, Vanvâes, Astórgio, Abril, Cordeiro e Cipuca, decidem organizar uma pescaria com festa e, como sublinha o narrador, "assaz cachaças". O narrador chama a atenção para esse fato: "Com honra o chamaram, enganaram-lhe o juízo". No fim, ficamos sabendo o que de fato aconteceu. Quando Jeremoavo estava completamente bêbado, levaram-no para o outro lado do rio: "Logo do outro lado o deixaram, debaixo de sombra. Tinham passado também, quietíssimo, o cavalo raposo". Como lembra Octavio Paz, o duplo rosto da teologia do poder: a festa comunal e a queima do herege.

De qualquer modo, o recado estava dado: você não é dos nossos, está expulso da República, não podemos ficar juntos na mesma margem do rio. Enquanto isso, na aldeia, temendo a volta de Jeremoavo, os homens se armam. "Voltasse, e não seria mais o confuso hóspede, mas um diabo esperado, o matavam." Podemos então concluir que o diálogo entre a literatura e a teologia termina aqui, como uma impossibilidade teórica ou uma nostalgia envenenada?

Segunda Margem

Enquanto Jeremoavo curte sua bebedeira tentemos compreender o que se passa. Existe hoje, da parte de críticos e teólogos, assim como de escritores, um grande interesse na aproximação entre literatura e teologia, assim como já se fez com a psicanálise. Podíamos lembrar, de um lado, nomes como Frank Kermode, Octavio Paz, Jorge Luis Borges, Joyce; de outro, Urs Von Balthasar, Paul Tíllich, Karl-Iosef Kuschel. Há uma lista enorme de nomes e esse interesse se traduz em simpósios e seminários que se multiplicam e também numa produção acadêmica já significativa, inclusive entre nós.

Até porque as relações entre literatura e teologia vêm de longe, são como o pecado original, quer dizer, nascem junto conosco e nos acompanham desde a aurora do mundo. Antes de chegar à etapa em que forma ideias universais, diz Croce, o homem forma ideias imaginárias: antes de articular, canta; antes de falar em prosa, fala em verso; antes de usar termos técnicos, usa metáforas[6]. O profeta Ezequiel foi obrigado a engolir um livro e depois, meio sem jeito, antecipou o tema do prazer do texto[7] dizendo que o livro lhe fora doce como o mel, o que comprova a aproximação que estou apontando. E se for preciso comprovar outra vez, a literatura pode dizer, como Holderlin: foi nos braços dos deuses que eu nasci.

Não é por outra razão que elas sempre estiveram próximas uma da outra nos cantos líricos em louvor da divindade, nos ritos e hinos litúrgicos de todas as tradições religiosas. Nem é necessário lembrar a presença da poesia no Bagavaghita e na Bíblia. Na tradição hebraica, a escrita é concebida dentro de uma ligação muito forte com o divino. Na tradição grega, a ideia do *entusiasmo* associa a inspiração poética à profecia ou à possessão por um Deus. Platão inventa os poetas teólogos e o movimento da Pa-

---

6. Benedetto Croce, *The Philosophy of Giambattista Vico*.
7. Tema recorrente em semiologia e literatura, tão bem discutido por Roland Barthes no seu livro mais pessoal, *O Prazer do Texto*.

trística em direção à estética produz, no cristianismo helenizado, hinos litúrgicos que se elevam à dignidade de um gênero literário. Sem falar nos textos sagrados e profanos que mutuamente se atraem e se misturam ao longo do tempo.

Entretanto, retomando um título de La Boétie[8], podemos dizer que, em determinado momento, houve um mau encontro nessa história. É quando a teologia se converte em "doutrina" e começa a falar em Verdade com V maiúsculo. A partir desse momento, o Deus bíblico aos poucos se transforma: vira a Ordem, o Repressor, o Carrasco, o Establishment. O teólogo, por sua vez, único depositário da verdade, como nos lembra Umberto Eco[9], passa a ter tantas certezas que se torna seguro até mesmo dos seus erros.

A posição dos moradores da aldeia a respeito da possível volta de Jeremoavo é esclarecedora: se ele voltar, será considerado um diabo, aquele com o qual não se quer acordo. Matamo-lo. Mas isso não é nenhuma novidade. Depois da leitura, para dar alguns exemplos, de *Um Dia na Vida de Ivan Desinovitch*, de Soljenytsin, de *A Religiosa*, de Diderot, ou do livro de Octavio Paz sobre *Sor Juana Inês de La Cruz* não é possível alegar inocência a esse respeito. Como diz ainda Octavio Paz, no mesmo estudo que acaba de ser citado, as burocracias político-religiosas produziram aqueles "leitores terríveis", entre os quais ele inclui o arcebispo e o secretário-geral do Partido, porque é deles que emanam os anátemas e as condenações. Gore Vidal deve ver aí mazelas decorrentes do monoteísmo.

A esse respeito, vale a pena acompanhar a reflexão de Franco Crespi: se tomarmos como exemplo o caso da religião católica, podemos justamente constatar como a mensagem evangélica,

---

8. Alusão ao *Discurso da Servidão Voluntária*, do humanista francês.
9. Em *O Nome da Rosa*.

originariamente profética e religiosa, foi gradativamente transformando-se numa verdade dogmática que legitima o exercício do poder por parte da instituição eclesial[10]. E assim o *script* não muda e os mesmos que humilharam Galileu, humilham Sór Juana. Talvez por isso haja entre os teólogos um certo viés autoritário e quando se aproximam da narrativa ou da poesia logo eles procuram justificar-se, alegando o poder teológico da literatura. É a linguagem que eles entendem.

Mas a literatura é importante justamente porque desintoxica a linguagem e torna mais puras as palavras da tribo, como queria Mallarmé. E a propósito: a literatura terá mesmo algum poder? Barthes poderia nos recordar que, em oposição ao discurso encrático da teologia, a linguagem da literatura é uma linguagem acrática – *a-kratos* – ou seja, à margem ou contra o poder. E a prova disso é Jeremoavo de porre, expulso da aldeia, do outro lado do rio.

Que poder então é esse que dizem que a literatura tem? Como diz um poema de Mário Quintana, a literatura não fala de poder mas de amor[11]:

> Se o poeta falar num gato, numa flor,
> num vento que anda por descampados e desvios
> e nunca chegou à cidade...
> ....
> se não falar em nada
> e disser simplesmente tralalá... que importa?
> Todos os poemas são de amor.

É preferível então falar em des-poder: o des-poder dos apocalípticos contra o poder dos integrados. Esse des-poder inde-

---

10. *A Experiência Religiosa na Pós-Modernidade*.
11. Cf. "Se o Poeta Falar num Gato", *Poesia Completa*, Rio de Janeiro, Nova Fronteira.

pende do escritor, de suas posições políticas ou de sua visão de mundo e, nesse sentido, Honoré de Balzac é exemplar. Ele dizia escrever "à luz de duas verdades: o trono e o altar". Não adiantou nada, a direita francesa jamais o aceitou, ele foi o Jeremoavo da França do século XIX. E, ironicamente, mereceu o elogio de quem? De Engels. Por quê? Porque uma coisa é o escritor empírico, outra a sua obra. Balzac talvez não soubesse direito o que estava dizendo, mas a direita francesa sabia, e Engels sabia muito bem. Jean Guiton vai mais longe nesse raciocínio e diz que entre Marx e Balzac o mais subversivo é o escritor[12].

Por isso mesmo, a literatura é muito ciosa de sua linguagem. Irreverente, rebelde, transgressora, alérgica a doutrinas e a dogmatismos, ela faz um uso especial da linguagem, e esse uso especial constitui o que Jakobson chama de literariedade[13] que, por sua vez, é o fundamento do des-poder da literatura. Para explicar melhor esse conceito de literariedade, podemos recorrer a uma famosa distinção que Barthes faz entre o escrevente e o escritor. O escrevente é aquele que privilegia a mensagem; já o escritor privilegia a linguagem em detrimento de filosofemas, sociologemas, teologemas.

Isso não quer dizer, porém, que a literatura crie para nada, como algumas vezes se pretendeu. O que lemos como literatura – e digo isso lembrando João Alexandre Barbosa[14] – é sempre mais, é história, é psicologia, acrescentemos, teologia. Quer dizer, quando a literatura fala, fala do homem e do mundo. Só que esse *plus* em sua dicção é dado na literatura pela literatura, pela eficácia da linguagem literária. E já que estamos falando de lite-

---

12. Cf. *Meu Testemunho Filosófico*.
13. Em *Linguística e Comunicação*.
14. Um dos mais importantes críticos brasileiros. Cf. o ensaio "Escrever, Escrevendo-se", de Waldecy Tenório em *O Leitor Insone*, Edusp, 2007.

ratura e teologia, a própria Bíblia, segundo Robert Alter, adquire profundidade e sutileza por ser apresentada mediante os mais sofisticados recursos da prosa de ficção[15].

Daí o mal-estar de críticos e escritores perante aqueles que simplesmente querem fazer uso da literatura para transmitir uma mensagem, sejam instituições religiosas ou partidos políticos. Até mesmo uma poeta como Adélia Prado, dentro de uma tradição religiosa muito forte, uma vez que é poeta, portanto escritora e não escrevente, sabe fazer essa distinção[16] e sabe também que a literatura não será jamais um ramo da apologética.

Em outras palavras, críticos e escritores rejeitam a concepção utilitária da literatura. O que o poema "Direitos Humanos", de Adélia Prado, nos diz quando afirma: "Esta letra é minha" é que a literatura não pode ser instrumentalizada, não pode ser transformada em veículo de transmissão de mensagem alguma. A esse propósito, José Miguel Wisnik lembra o caso de Drummond: *A Rosa do Povo* é um dos mais densos exemplos de poesia engajada, ao mesmo tempo que antipanfletária e, além disso, ciosa de sua autonomia[17]. Se é assim, alguém poderá retomar uma questão que deixamos atrás, quando Jeremoavo foi levado para o outro lado do rio, e constatar, pela segunda vez, a impossibilidade teórica do encontro entre a literatura e a teologia. Será verdade? Até agora, tudo leva a crer que sim. No entanto...

Alguns indícios deixados pelo narrador ao longo do conto mudam um pouco o rumo de nossa investigação e alimentam uma esperança. Lendo-se com atenção, percebe-se que nele não existe apenas a teologia canina do Se"o Vanvães e dos mandatá-

---

15. Cf. *A Arte da Narrativa Bíblica*, São Paulo, Cia. das Letras, 2007.
16. Cf. *Oráculos de Maio*, p. 73.
17. Cf. "Drummond e o Mundo", em *Poetas que Pensaram o Mundo*, Adauto Novaes (org.), São Paulo, Cia. das Letras, 2005.

rios da aldeia, a tenebrosa teologia do poder. Há também nesse conto a teologia felina de Domenha, à margem do poder, charlatã, aquela que acolhe e recebe Jeremoavo no exercício da "pura caridade", com a esperança de que os assassinos não triunfem sobre a vítima inocente[18].

Já ouvimos falar nessa *nouvelle theologie* que se abre para uma razão sensível, existencial, humana, ou, recorrendo a Paul Tíllich, para o momento participativo da razão subjetiva no qual a análise não nega a emoção. Pensando nisso, voltemos ao texto. Em certo momento, Domenha aproxima-se de Jeremoavo, e "Olhando-o: – Felicidade se acha é só em horinhas de descuido".

Nesse momento, surpreendemos a teologia de Domenha em flagrante delito poético, porque a poesia acontece nesse instante, nesse lapso da palavra: "uma horinha de descuido" – e se cai na vertigem da linguagem, o que levou Jorge Luis Borges a dizer que a poesia é um brusco dom do Espírito, a iminência de uma revelação, sempre pronta para a *katabasis*, o mergulho no fundo do texto, ou a *anabasis*, o impulso de nos levar além[19].

A Margem Mágica

Vamos agora interromper por um instante o fio de nosso pensamento porque Jeremoavo, no fim do dia, começa a voltar a si. O efeito da bebida passou. Ele olha em volta, percebe que está sozinho, do outro lado do rio, o cavalo ali encilhado... e – o narrador nos ajuda – "entendeu, pelo que antes: palpou a barba, de incontido brio". Num relance, viu tudo. Podemos imaginar o sentimento que o domina. Dor, abandono, revolta. Ele se sente –

---

18. Como queria M. Horkheimer em "La Añoranza de lo Completamente Outro", em *A la Búsqueda del Sentido*, Salamanca, Sigueme, 1976.
19. Os teólogos chamam *katabasis* a descida de Deus em direção ao homem e *anabasis* a subida do homem em direção a Deus.

diz o narrador – "desterrado, desfamilhado, só com a alta tristeza, nos confins da ideia". Apesar de tudo, ainda é capaz de sentir saudade. "Saudade maior – diz o narrador – eram: a Barra, o rio, o lugar, a gente". Já se disse que a literatura é uma forma especial de conhecimento, nem que seja do sentimento e da dor, para lembrar o romance homônimo de Carlo Emílio Gadda.

E na aldeia, o que se passa? Quando tudo acaba e a vida vai aos poucos voltando ao normal, os moradores começam a rir de si mesmos e "do medo geral do graúdo estúrdio Jeremoavo". Caçoam amigavelmente de Domenha, a única pessoa da aldeia que manifestara ternura pelo jagunço. E então produz-se um acontecimento absolutamente notável: os mesmos moradores que expulsaram Jeremoavo e, por pouco, não o mataram, agora – o narrador informa – "tinham graça e saudades dele".

Esse é o momento mágico da leitura, o momento da correlação entre as duas margens do rio[20]. E então os olhos do leitor brilham ao perceber uma das possibilidades de leitura de "Barra da Vaca". É como se o narrador lhe dissesse: "Entendeu agora o sentido desse conto?" O diálogo entre literatura e teologia não é apenas uma questão teórica, é também uma questão de graça e saudade. Quer dizer, ao elemento racional devemos acrescentar o irracional, tal como o entendeu Rudolf Otto: uma dimensão da experiência humana que justamente escapa às categorias da razão[21].

De todo modo, a saudade e a graça exercem nesse conto de Guimarães Rosa o papel da peripécia aristotélica[22] e anunciam uma possível reviravolta nos acontecimentos. É verdade que nada no conto nos autoriza a pensar que Jeremoavo voltou ou

---

20. Lembrando ideias que estão na *Teologia Sistemática* de Paul Tillich.
21. Ideias que o autor citado desenvolve em *O Sagrado*.
22. Cf. o capítulo XI da *Poética* de Aristóteles.

vai voltar para a aldeia. Assim, não sabemos se o diálogo entre literatura e teologia será mesmo possível. Para isso, além de manifestações de boa vontade, como temos visto de parte a parte, será necessário ainda que os teólogos abandonem a piedosa condescendência que sempre quer manipular a literatura dando tapinhas nas costas do escritor e, por sua vez, os críticos literários renunciem àquela tão conhecida pose intelectual e percebam o elemento religioso pulsando no fundo do texto[23].

Enfim, teólogos e críticos literários precisam descobrir outro ponto de observação, como Aristóteles ao contemplar o busto de Homero no famoso quadro de Rembrandt[24]. Paul Ricoeur faz uma leitura notável desse quadro e, ao contrário do que o título sugere, diz que, naquele quadro, Aristóteles não contempla o busto de Homero. "Ele o toca" e, a partir desse momento, redireciona o seu olhar[25].

O conto "Barra da Vaca" mostra precisamente isso, o deslocamento desse olhar: numa das margens do rio, da parte de homens e mulheres do povoado, temos a graça e a saudade; na outra margem, da parte do jagunço, uma dissimulada nostalgia e saudade também. Ou seja, o conto deixa claro que, entre literatura e teologia existe aquela mesma *vizinhança comunicante* de que fala Franklin Leopoldo e Silva a propósito de literatura e filosofia na obra de Sartre[26].

Mas como falar em Sartre é evocar a "literatura engajada" podemos atualizar esse debate com uma reflexão mais recente de Octavio Paz: hoje as artes e a literatura estão expostas a um perigo distinto: não se veem ameaçadas por uma doutrina ou um

---

23. Cf. Karl-Iosef Kuschel, *Os Escritores e as Escrituras*, São Paulo, Loyola, 1969.
24. O título do quadro é "Aristóteles Contemplando o Busto de Homero".
25. O comentário de Paul Ricoeur está em *O Único e o Singular*.
26. Cf. *Ética e Literatura em Sartre*.

partido político onisciente mas sim por um processo econômico sem rosto, sem alma e sem rumo[27].

Os tempos são outros e, depois da Doutrina e do Partido, temos agora o Mercado. Não será então o caso de juntar o ambíguo des-poder da literatura com o des-poder dos teólogos e tentar nos comunicar através daquilo mesmo que nos separa? Será possível unir os dois lados e costurar essa ferida? Sim, pode acontecer de Jeremoavo e Domenha viverem esse amor longe das burocracias eclesiásticas e dos "leitores terríveis", numa horinha de descuido, aproximando literatura e teologia nem que seja nos interstícios deste texto. Os teólogos charlatães sabem que qualquer amor é um pouquinho de saúde, um descanso na loucura, como diz Riobaldo[28] e eu também vos digo.

---

27. Cf. o ensaio "A Outra Voz".
28. Em *Grande Sertão: Veredas*.

V
O Perfume que Elas Deixam[1]

Estava na mais perigosa idade para as moças.

THÉRÈSE DE LISIEUX

Priez pour nous, Thérèse. Aquela monja bonita, os olhos tristes, buquê de rosas na mão, é ela. Comecemos por Thérèse de Lisieux[2] e depois por Emma Bovary[3], uma santa real e uma pecadora imaginária. Muitas coisas as separam e muitas outras as unem. O que torna possível a aproximação é o fato de ambas compartilharem suas vidas em narrativas que formam uma rede escritural e uma armadilha para capturar o incapturável.

Dessa vez o sabotador tem como alvo uma santa doutora da Igreja e o maior escritor do século XIX. Os três manuscritos de

---

1. Devo a ideia deste ensaio ao livro *Destins de femmes désir d'absolu*, de Micheline Hermine. Ela, é claro, nada tem a ver com os equívocos de minha interpretação.
2. Thérèse de Lisieux, conhecida no Brasil como Santa Teresinha do Menino Jesus, foi proclamada doutora da Igreja pelo papa João Paulo II em outubro de 1997. Como na tradição católica ela é conhecida também por outros nomes, para evitar confusões preferi usar o nome pelo qual ela é conhecida internacionalmente e que, aliás, é o nome adotado por Micheline Hermine.
3. Personagem central do romance *Madame Bovary*, de Gustave Flaubert.

Thérèse[4] e o romance de Gustave Flaubert[5] mostram os constrangimentos e conflitos que dilaceram essas duas mulheres. Elas sofrem e se rebelam contra o destino e a condição que o século XIX lhes reserva e, para resistir, inventam, cada uma, a sua forma particular de bovarismo.

Vivem situações absolutamente diferentes, uma no convento, a outra em sociedade e, em alguns aspectos, estão muito distantes uma da outra. No entanto, estão bem próximas na espiritualidade, na rebeldia, na sensibilidade à flor da pele, na melancolia, no misticismo, nos êxtases e na paixão. Muito próximas também nas lágrimas que derramam sem cessar como indício de que ardem no mesmo desejo de Deus. A proximidade é tanta que podíamos até confundir seus nomes: Emma de Lisieux e Thérèse Bovary.

Seguindo as pistas deixadas pelas duas nos manuscritos e no romance, lanço a hipótese de que a proximidade e a distância entre essas duas mulheres constituem uma metáfora da distância e da proximidade entre a literatura e a teologia. Para comprovar isso, vamos aproximar Thérèse e Emma, examinando o que as une e o que as separa, os traços comuns e os singulares, os encontros e os desencontros entre as duas. Se já é difícil saber alguma coisa de uma mulher, quanto mais de duas! Em contrapartida, o que se sabe mais de um homem é o que ele esconde[6]. Seja como for, vamos espioná-las por entre os interstícios do texto. Longe de nós qualquer indiscrição, mas uma pequena dose de voyeurismo, sem sair dos limites da decência, na moral, nos ajudará a desco-

---

4. Temos no Brasil as *Obras Completas de Teresa do Menino Jesus e da Sagrada Face*, São Paulo, Loyola, 1997, e uma outra edição também da Loyola, *História de uma Alma*, Santa Terezinha do Menino Jesus, reunindo os Manuscritos que, por razões editoriais, foram divididos em três partes: Manuscritos A, B e C.

5. *Madame Bovary*. Uso a edição da Nova Alexandria, 2001, tradução de Fúlvia M. L. Moretto.

6. Como diz Riobaldo em *Grande Sertão: Veredas*.

brir coisas surpreendentes na intimidade das duas. Comecemos por traçar o perfil de cada uma.

Em primeiro lugar, Thérèse. O que sabemos dessa jovem freira carmelita? Nossas fontes são as biografias[7] de que dispomos e, sobretudo, os manuscritos autobiográficos que ela nos deixou. E precisamente nesse ponto encontramos um primeiro problema. As biografias disponíveis apresentam, quase sempre, traços das velhas e boas hagiografias[8] que se escreviam muito mais para a edificação dos fiéis do que propriamente para relatar a vida dos santos. Por essa razão, muitas vezes os fatos do cotidiano aparecem adornados com "efeitos especiais" que lhes conferem uma aura de mistério e perfeição. Como se os santos não fossem como nós e tudo que lhes acontecesse tivesse sempre um toque sobrenatural.

Por isso mesmo, recorrendo às biografias e aos manuscritos de Thérèse, apesar de tudo nossa melhor fonte, precisamos ficar atentos para não sermos traídos pelo texto, como aconteceu a esse leitor distraído de Julio Cortázar [9]:

> Correu, por sua vez, esgueirando-se entre as árvores e os galhos, até distinguir na bruma do crepúsculo a alameda que levava à casa. Os cães não deviam ladrar, e não ladraram. O mordomo não estaria a esta hora, e não estava. Subiu os três degraus do terraço e entrou. Do sangue galopando em seus ouvidos chegavam-lhe as palavras da mulher: primeiro, uma sala azul, depois uma galeria, uma escada atapetada. No alto, duas portas. Ninguém na primeira sala, ninguém na segunda. A porta do salão e, então, o punhal na mão, a luz das janelas, o alto respaldo de uma cadeira de veludo verde, a cabeça do homem na cadeira lendo uma novela.

---

7. Em *As Santas Doutoras*, no capítulo "A mais Jovem e Graciosa das Doutoras," o leitor encontra boas indicações bibliográficas feitas por Carlos Josaphat, São Paulo, Paulinas, 1999.
8. Quem quiser estudar as hagiografias para além desses traços simplesmente edificantes pode consultar os dois volumes de *L'Hagiographie*, de René Aigrain.
9. No conto "Continuidad de los Parques" que faz parte de *Final del Juego*, Buenos Aires, Editorial Sudamericana, 1969.

Esse é o risco que correm os leitores desatentos, uma punhalada pelas costas. Então, olhos abertos, ainda mais que esses manuscritos sofrem a intervenção das superioras de Thérèse que, por esta ou aquela razão, escrúpulo, zelo, mas também vaidade ou ciúme, inveja ou pequenas intrigas monásticas, essas coisas tão humanas, demasiado humanas, introduzem interpolações, acréscimos e, por vezes, fazem cortes no texto que só nos chegam depois de passarem por um processo de edição[10]. Em todo caso, são estas as fontes de que dispomos e é com elas que vamos reconstituir essa história.

Thérèse nasce em 1873, no dia 2 de janeiro. Aos 15 anos entra para o Carmelo, obtendo para isso licença especial do papa Leão XIII. Ela morre em 1897, no dia 30 de setembro, aos vinte e quatro anos. E quanto a Emma, qual a fonte? O romance de Flaubert, e aqui temos um pequeno problema: a diferença do estatuto ontológico de nossas duas personagens. Será mesmo possível falar aqui em ontologia, nem que seja uma ontologia transitória?[11] Thérèse é um ser de carne e osso, tem biografia. Emma Bovary é um ser de ficção, uma criatura de Flaubert. Podemos comparar essas vidas? Em situações de aperto, sempre apelo para Santo Agostinho, e me dou bem. Lembro aqui o que já disse no capítulo anterior, algo que a ele parece extraordinário e, de fato, é: o voo de Dédalo não pode ser verdadeiro senão na condição de ser um voo falso[12]. Então, Madame Bovary também tem biografia, está claro?

---

10. Thérèse autorizou todas as alterações feitas por suas superioras. De todo modo, a intervenção que se fez no texto não deixa de ser problemática. Sobre esse assunto lê-se com proveito a Introdução que faz parte das *Obras Completas* publicadas no Brasil pela Loyola.
11. Aquela de que fala Alain Badiou no seu *Court traité d'ontologie transitoire*.
12. Cf. o capítulo 11 de *Solilóquios*. Não sei se Guimarães Rosa leu esse texto mas é curioso que em *Grande Sertão: Veredas* Riobaldo pergunte como se pode gostar do verdadeiro no falso. Santo Agostinho gostava.

Claro que não. Mas em literatura as coisas são tão ambíguas[13] que, perante o juiz, Flaubert pôde dizer aquela frase famosa: *Madame Bovary c'est moi*[14]. Sendo assim, se queremos situar Emma, precisamos antes situar o seu criador. Flaubert nasce em 1821 e morre em 1880. É 52 anos mais velho do que Thérèse. O romance é de 1857. Thérèse nasce 16 anos depois, é, portanto 16 anos mais nova do que Emma[15]. Entretanto, se é para falar do tempo, o que conta mesmo é o tempo do romance.

Quando Emma aparece no romance pela primeira vez, na cena em que se encontra com Charles Bovary, o médico que vai atender ao chamado do seu pai, e com o qual ela se casará mais tarde, o narrador não lhe diz precisamente a idade, mas refere-se a ela como "uma jovem". E é assim que ela permanece na imaginação dos leitores. É esse o tempo que nos interessa. Estamos falando de duas jovens mulheres do século XIX, ambas constrangidas pelos espartilhos culturais do seu século. Que destino a sociedade lhes reserva: o casamento ou o convento? Não há muita escolha. É, pois, na maneira como reagem a tudo isso que elas se aproximam e se separam.

Charme em Dose Dupla

O que as separa? A primeira é uma santa; a outra, pecadora, uma das mais estigmatizadas representantes do adultério. Thérèse é um ser de realidade, Emma um ser de ficção. Esses dois pontos marcam a diferença. No entanto, essas mulheres aparentemente

---

13. Lembre-se o clássico *Seven Types of Ambiguity*, de William Empson.
14. A edição da Nova Alexandria inclui, como apêndice, os autos do processo: a acusação e a defesa. Vale a pena ler, é uma questão sempre atual na história da arte.
15. Thérèse teria lido o romance de Flaubert? Nada indica essa suposição e assim a aproximação entre a freira e a personagem pode resultar do que já se chamou de o contágio das ideias.

tão distantes, em muitos aspectos, se aproximam, inclusive nas muitas contradições que caracterizam cada uma. A santa duvida da própria santidade[16] e, num momento extremo, duvida até mesmo da existência de Deus. *Tinha então grandes provações interiores de diversos tipos (até me perguntar às vezes se o Céu existe)*, ela diz, no *Manuscrito A*.

O depoimento a seguir, que faz parte do mesmo Manuscrito, é um exemplo das contradições que assediam Thérèse:

> De noite, ao fazer minha via-sacra após matinas, minha vocação apareceu-me como um sonho, uma quimera... achava a vida do Carmelo muito bonita, mas o demônio me assegurava que não era para mim, que eu enganaria meus superiores... Minhas trevas eram tão grandes, que não via e só compreendia uma coisa: não tinha essa vocação!

Do lado de Emma temos o reverso. Ao ouvir o som do sino da igrejinha local, perdia-se nas lembranças do passado:

> [...] no domingo, durante a missa, quando levantava a cabeça, percebia o doce rosto da Virgem entre os turbilhões azulados do incenso que subia. Então, era tomada de enternecimento; sentia-se indolente e totalmente abandonada como a penugem de um pássaro que rodopia na tempestade; e foi sem ter consciência do que fazia que se encaminhou para a igreja, disposta a qualquer devoção, contanto que nela curvasse sua alma e que toda a existência nela desaparecesse (p. 128).

Entre Emma e Thérèse, além do que as aproxima e do que as separa, há contradições assim. E o fato de Thérèse ser uma realidade física, uma mulher em carne e osso, e a outra, um ser de ficção, que à primeira vista poderia separá-las, em vez disso, surpreendentemente as une. A partir dos seus escritos, Thérèse incendeia o imaginário religioso e sua memória reúne devotos

---

16. "Estou longe de ser santa" (*Manuscrito A*).

no mundo inteiro[17]. Emma não fica atrás, sempre presente em sucessivas edições do romance e em filmes que não nos deixam esquecê-la. Por isso, enquanto a senhora Martin, observando a filha, ficava encantada ao ver "alguma coisa de tão celestial" no olhar de Thérèse, nós, que lemos o romance de Flaubert, ficamos hipnotizados pelos "langores do olhar" de Madame Bovary. Enfim, essas mulheres nos seduzem, Emma e Thérèse: charme em dose dupla.

Murilo Mendes, um poeta profundamente marcado pelo ideário católico, usa uma expressão que pode ser de grande ajuda para compreendermos o que se passa: "bovarismo teológico"[18]. Mas o que é mesmo bovarismo? Leiamos antes Deonísio Silva:

Bovarismo: do francês *bovarysme*, palavra surgida em famoso comentário que o filósofo francês Jules Gaultier fez ao romance de Gustave Flaubert, *Madame Bovary*. São bovaristas as pessoas que emprestam a si mesmas uma personalidade fictícia, vivendo fora da realidade, acima de suas posses e de suas condições, como procedeu Emma Bovary, a trágica heroína do romance[19].

O que acabamos de ler diz respeito ao bovarismo *tout court*. Emma vive fora da realidade de suas posses e da realidade de sua condição. Com Thérèse, levando-se em conta as diferenças próprias do seu estado, as coisas se passam mais ou menos da mesma maneira. Esse é o bovarismo de que fala Deonísio Silva. O "bovarismo teológico" a que se refere Murilo Mendes acontece quando a situação vivida pelas personagens envolve sua relação com o divino. Ou seja, quando, além dos homens, elas tentam seduzir o próprio Deus, o caso dessas duas, como adiante se verá.

---

17. Entre nós vale a pena lembrar Manuel Bandeira e sua "Oração a Teresinha do Menino Jesus": "Santa Teresa não, Teresinha/ Teresinha do Menino Jesus".
18. Em *O Discípulo de Emaús*.
19. Em *A Vida Íntima das Palavras*.

A Educação de Cada Uma

Não podemos colocar um GPS nos sapatos de cada uma mas podemos acompanhá-las através do romance e dos manuscritos e ver como se deu a sua formação. Elas tiveram praticamente a mesma educação, vivendo desde cedo naquela atmosfera de colégios de freiras e conventos, "em meio à freirice de lírios"[20] e ao cheiro doce e acre dos incensos. Aos 13 anos, Emma é internada no convento das ursulinas[21]:

> Longe de aborrecer-se, a princípio, no convento, ela comprazia-se na companhia das irmãs que para diverti-la a conduziam à capela onde se penetrava, vindo do refeitório, por um longo corredor. Brincava muito pouco durante os recreios, compreendia bem o catecismo e era sempre ela que respondia ao Sr. Vigário nas questões difíceis. Vivendo, pois, sem nunca sair da tépida atmosfera das aulas e entre aquelas mulheres de tez branca, com o terço e sua cruz de cobre, ela entorpeceu-se docemente ao langor místico que se exala dos perfumes do altar, do frescor das pias de água benta ou do reflexo dos círios. Em lugar de acompanhar a missa, olhava em seu livro as vinhetas piedosas debruadas de azul e amava a ovelha doente, o sagrado coração traspassado de flechas agudas ou o pobre Jesus que cai, caminhando, sobre sua cruz (p. 52)[22].

---

20. Esse verso de João Cabral de Melo Neto, no poema "Autobiografia de um Só Dia" retrata bem a atmosfera em que vivem nossas duas personagens.
21. As ursulinas foram perseguidas durante a revolução francesa mas voltaram a ter grande influência na educação das jovens francesas no século XIX. Aldous Huxley em *Os Demônios de Loudun* narra um episódio (histerismo ou possessão?) acontecido no século XVII num dos conventos dessa ordem. Sobre esse mesmo fato, o psicanalista Ario Borges Nunes Junior, em seu *Êxtase e Clausura*, diz que a prioresa do convento, "entre reviravoltas, gritos e ranger de dentes, colocava em cena o indizível da angústia, por meio de um corpo já castigado pela natureza". Tudo isso ajuda a compreender a atmosfera vivida nos ambientes religiosos do século XIX. Nesse sentido outra obra que vale a pena consultar é *Le corps e l'âme, La vie des religieuses ao XIX^d. Siècle*, de Odile Arnold.
22. Aqui a tradutora põe uma nota de pé de página para esclarecer que o equívoco está no original. Jesus caminha *sob* e não *sobre* a sua cruz.

Curiosamente, como acabamos de ler, a pecadora compraz--se na companhia das freiras; a santa, nem sempre. E é com uma perspicácia notável para a sua idade, e não menos notável senso crítico, que Thérèse percebe alguns traços negativos na vida conventual. Eis o que se pode ler no *Manuscrito A*:

> Eu tinha oito anos e meio quando Leônia saiu do internato e fui substituí-la na Abadia. Muitas vezes ouvira dizer que o tempo passado no internato era o melhor e o mais doce da vida. Os cinco anos que aí passei foram os mais tristes. Se não tivesse comigo minha querida Celina, não teria conseguido ficar um único mês sem adoecer... A pobre florzinha fora acostumada a mergulhar suas raízes em terra de escol, feita sob medida para ela, por isso pareceu-lhe muito difícil ser transplantada em meio a flores de toda espécie, de raízes frequentemente pouco delicadas, e ver-se obrigada a encontrar numa terra comum a seiva necessária à sua subsistência! Ensinastes-me tão bem, Madre querida, que ao chegar ao internato, eu era a mais adiantada das crianças da minha idade. Fui colocada numa classe de alunas todas superiores a mim em tamanho. Uma delas, com 13 ou 14 anos, era pouco inteligente, mas sabia impor-se às alunas e até às mestras. Vendo-me tão nova, quase sempre a primeira da turma e querida por todas as religiosas, sentiu, sem dúvida, uma inveja bem perdoável numa interna e fez-me pagar de mil maneiras meus pequenos sucessos...

O Veneno das Leituras

Obviamente a educação das duas se dá também através das leituras e, quanto a isso há também muitas coincidências, experiências mais ou menos comuns, parecidas, muito próximas. O que liam elas nos colégios de freiras e nos conventos por onde andaram? Em geral, eram leituras "religiosas", edificantes, recomendadas às jovens da época, dentro do espírito do século. Eis uma citação do romance:

> À noite, antes da prece, fazia-se na sala de estudo uma leitura religiosa. Eram, durante a semana, algum resumo da *História Sagrada* ou as *Conféren-*

ces do abade Frayssinous e, aos domingos, como distração, trechos do *Génie du Christianisme* (p. 52).

Como Chateaubriand está em toda parte, essas leituras bem que poderiam ser feitas também por Thérèse. No caso de Emma, entretanto, não se resumiam a isso, ela leu *Paul et Virginie*, mas que moça daquele século não leu o romance de Bernardin de Saint-Pierre?

[...] e sonhara com a casinha de bambu, com o negro Domingo, o cão Fiel mas, sobretudo, com a amizade doce de algum bom irmãozinho que vai procurar frutos vermelhos nas grandes árvores mais altas que campanários ou que corre descalço na areia trazendo um ninho de pássaros (p. 51).

Leu também o seu Walter Scott e

[...] apaixonou-se por coisas históricas, sonhou com arcas, salas da guarda e menestréis. Teria desejado viver em algum velho solar como aquelas castelãs de longos corpetes que, sob o trifólio das ogivas, passavam seus dias com o cotovelo apoiado na pedra e o queixo na mão a olhar um cavaleiro de pluma branca, vindo do fundo dos campos galopando um cavalo negro (p. 53).

Leu ainda Balzac, Eugene Sue, Georges Sand. É uma leitora voraz, como é voraz em tudo. "[...] adoro as histórias que se leem de um só fôlego, que nos provocam medo" (p. 101). Em sua correspondência, Stendhal explica esse furor *legendi*: a grande ocupação das mulheres de província, na França do século XIX, é ler romances: como não podem transformar suas vidas num romance, consolam-se lendo-os.

Assim é Emma Bovary, leitora: sua formação, moldada nas expectativas de amor advindas da literatura, leva-a para muito perto do pecado[23]. Assim é também a leitora Thérèse: com a diferença de

---

23. Como diz Andrea Saad Hossne em *Bovarismo e Romance*.

que sua formação, moldada nas expectativas de amor advindas da religião, leva-a à santidade. Mas a santidade está assim tão longe do pecado? É necessário ler o que Thérèse confessa em várias passagens do *Manuscrito A* sobre sua relação com os livros e a leitura:

> Não sabia brincar, mas gostava muito de leituras; teria passado minha vida nelas. Felizmente, tinha por guias anjos da terra que escolhiam os livros que, ao mesmo tempo em que me distraiam, alimentavam meu coração e meu espírito. Também, só podia passar um tempo limitado na leitura, o que era questão de grandes sacrifícios para mim, pois tinha de interromper a leitura no meio da mais cativante passagem... Essa atração pela leitura durou até meu ingresso no Carmelo.

Apesar dos dissabores que ela própria narra, o tempo limitado para a leitura e, principalmente, a leitura interrompida, "questão de grandes sacrifícios", Thérèse leu bastante, como convinha a uma futura doutora da Igreja: "Não sei dizer quantos livros passaram por minhas mãos", ela afirma no *Manuscrito A*. Claro que existe uma predominância de textos ditos "religiosos" mas suas leituras não se resumem a isso. Thérèse leu o *Cântico Espiritual* de São João da Cruz, que cita pelo menos três vezes nos seus escritos. Leu a Bíblia, principalmente os Evangelhos, certamente leu várias hagiografias mas também é certo que leu outras coisas.

No *Manuscrito A,* Thérèse cita um verso de Lamartine[24] e, por coincidência, lê-se no romance[25] que Emma também "deixou-se deslizar nos meandros lamartinianos". Thérèse cita também uma cena de Corneille[26], esse autor que soube interpretar tão bem o gosto do século XVII pelo heroico e pelo grandioso, e revela que leu "certos relatos de cavalaria" assim como os "relatos das ações

---

24. O tradutor percebe que há um erro na citação mas, de qualquer forma, ela se aproximou do poeta francês.
25. Na p. 56.
26. Do *Horácio*.

patrióticas das heroínas francesas, particularmente da Venerável Joanna d'Arc"[27]. Veremos adiante que Emma teve também a mesma paixão por Joanna. Thérèse conheceu os periódicos da época, pelo menos o jornal *La Croix*[28], que circulava todas as manhãs em Lisieux. E se Emma leu *Paul e Virginie*, de Bernadin de Saint-Pierre, o romance de amor que era leitura obrigatória das moças da época, Thérèse leu *Viagem ao Redor do Meu Quarto*, de Xavier de Maistre, romance filosófico de alguma importância na formação da narrativa moderna.

Ainda com relação às leituras de Thérèse e Emma Bovary, há dois episódios que vale a pena comparar porque revelam, mais uma vez, as coincidências na formação de cada uma. O primeiro episódio, envolvendo Emma, está na página 52 do romance:

> Havia no convento uma solteirona que vinha oito dias por mês para trabalhar na rouparia. Protegida pelo arcebispo por pertencer a uma antiga família de fidalgos arruinados durante a Revolução, ela comia no refeitório à mesa das freiras e, após as refeições, dava com elas dois dedos de prosa antes de voltar ao trabalho. Frequentemente, as internas fugiam do estudo para ir vê-la. Ela sabia de cor canções galantes do século passado, que cantava a meia voz enquanto manejava a agulha. Contava histórias, trazia novidades, fazia compras na cidade e emprestava às alunas maiores, às escondidas, algum romance que trazia sempre nos bolsos do avental.

Que tipo de leitura essa aristocrata leva para o convento onde Emma estuda? O Marquês de Sade? *Teresa Filósofa*?[29] Por outro lado, que lições a senhora Papineau[30] dava a Thérèse para

---

27. Tudo isso ela conta no *Manuscrito A* acrescentando que "tinha grande desejo de imitá-las".
28. Foi lendo o *La Croix* que ela conheceu a história do criminoso Henri Pranzini sobre o qual falarei depois.
29. Romance do século XVIII, de autoria desconhecida, que era uma espécie de manual de iniciação sexual da época.
30. Na época a senhora Papineau tinha 51 anos e Thérèse 13.

que ela viesse a conhecer o mundo? Eis o que a própria Thérèse escreve no *Manuscrito A*:

[...] continuei meus estudos tomando muitas lições semanais com a "senhora Papineau". Era uma pessoa muito boa, muito culta, mas com ares de solteirona. Vivia com a mãe e era charmoso ver a pequena família de três (pois a gata fazia parte da família e eu tinha de suportar suas sonecas em cima dos meus cadernos e, inclusive, admirar seu porte). Tinha a vantagem de viver na intimidade da família. Os Buissonnets estando longe para as pernas um pouco envelhecidas da minha mestra, pedira que eu fosse ter as Aulas em sua casa. Quando chegava, geralmente só encontrava a velha senhora Cochain, que me olhava com seus grandes olhos claros e chamava com voz calma e sentenciosa: "Senhôrra Papineau, a Senhorrita Teresa está aí". Sua filha respondia logo com sua voz infantil: "Já vou, mamãe". E logo começava a lição. Essas lições tinham a vantagem (além dos conhecimentos que adquiria), de fazer-me conhecer o mundo...

Enfim, Emma e Thérèse têm uma percepção muito crítica do meio em que vivem e não são nada modestas no campo de suas leituras. Depois de se gabar por não saber quantos livros passaram por suas mãos, Thérèse acrescenta: "mas nunca Deus permitiu que eu lesse um que me fizesse mal". Que livro poderia fazer-lhe mal? De que Thérèse tem medo? Na casa da senhora Papineau, com o rosto colado no livro, Thérèse "ouvia tudo que se dizia e até o que teria sido melhor não ouvir". O quê? A freira é tímida, cala certas coisas. Mas quando ela conta que, aos 17 e 18 anos, só lia São João da Cruz e "depois todos os livros deixaram-me na aridez", não há quem não veja aí uns ecos do Mallarmé de "La chair est triste, helás, et j'ai lus tous les livres"[31]. Seja como for, Emma e Thérèse sofrem do *mal du siècle*[32].

---

31. "A carne é triste e eu li todos os livros." Verso de Mallarmé que está no poema "Brise Marine".
32. O desencanto e o tédio que afetam as pessoas como efeito do pessimismo dos "poetas malditos" e de filósofos como Nietzsche e Schopenhauer.

À Beira de um Ataque de Nervos

O que mais? Ambas são "nervosas", vaidosas, melancólicas, tristes, românticas, rebeldes, e choram, como choram essas mulheres! e como suspiram! Em que capítulo de suas *Leçons sur les maladies du système nerveux* o doutor Charcot[33] poderia incluí-las? Ele teve uma paciente que se tornou famosa como a rainha das histéricas: Blanche Wittmann, descrita como uma jovem bonita, autoritária e caprichosa, descrição que cabe perfeitamente a Emma e a Thérèse: são também jovens e bonitas as duas, autoritárias e caprichosas, e apresentam uns sintomas...

Thérèse, ela mesma se acha estranha. "Não sei como descrever tão estranha doença. Estou persuadida, agora, de que era obra do demônio." Demônio ou não, desde cedo ela sofre uns achaques incomuns sobre os quais a senhora Martin, sua mãe, faz comentários e revelações que a própria Thérèse registra no *Manuscrito A*. Primeiro as aventuras que a mãe chama de "esquisitas." A criança é tão inquieta, tão agitada na cama que precisa ser amarrada para não se ferir. A própria Thérèse escreve sobre isso:

> Estais vendo, Madre, como eu estava longe de ser uma menina sem defeitos! Nem se podia dizer de mim: "Que era boazinha quando dormia", pois de noite era ainda mais agitada que de dia, mandava para os ares todos os cobertores e (embora dormindo) dava cabeçadas na madeira da minha caminha; a dor me despertava e então dizia: "Mãe, bati-me..." Essa pobre mãe era obrigada a levantar-se e constatava que realmente tinha galos na testa, que eu me batera. Cobria-me e voltava a deitar-se, mas depois de algum tempo eu recomeçava a me bater. Tanto que foram obrigados a me amarrar na minha cama.

Depois, é uma criança "que se comove facilmente" tem "uma sensibilidade excessiva", e adoece tanto que a família se inquieta,

---

33. Psiquiatra francês da segunda metade do século XIX de quem Freud foi aluno.

há quem pense que ela finge, o pai chega a pensar "que sua filhinha ia ficar louca". Ela mesma percebe que as coisas não vão bem e escreve no *Manuscrito A*:

> É estranho ter receado fingimento de doença, pois dizia e fazia coisas sem pensar, parecia quase sempre delirando, dizendo palavras sem sentido e, contudo, tenho certeza de não ter sido privada um só instante do uso da razão... Frequentemente, parecia desmaiada, sem fazer o mais leve movimento, teria deixado, portanto, que se fizesse de mim o que se quisesse, até matar-me. Mas ouvia tudo que se dizia perto de mim e lembro-me de tudo ainda. Aconteceu-me uma vez ficar muito tempo sem poder abrir os olhos e abri-los durante um momento enquanto estava sozinha.

O que é isso, Thérèse: êxtase, possessão? Já agora, falando sobre Emma, o narrador do romance diz coisas muito parecidas, na p. 83:

> Certos dias conversava com uma abundância febril; àquelas exaltações sucediam, de repente, torpores em que permanecia sem falar, sem mover-se. O que a reanimava, então, era derramar nos braços um frasco de água de Colônia. Como se queixava continuamente de Tostes, Charles imaginou que a causa de sua doença estivesse sem dúvida em alguma influência local e, detendo-se nessa ideia, pensou seriamente em ir estabelecer-se em outro lugar. A partir de então, ela começou a beber vinagre para emagrecer, contraiu uma tosse seca e perdeu completamente o apetite. A Charles custava abandonar Tostes após uma estada de quatro anos e no momento em que começava a alcançar uma posição. Todavia, se fosse necessário! Ele a levou a Rouen para consultar seu antigo mestre. Era uma doença nervosa: era preciso mudar de ares.

O romance inteiro é marcado por esse tom e a própria Emma o adota: "São os nervos", ela diz na p. 127, tentando explicar a Félicité, sua empregada, a razão para as crises durante as quais "permanecia quebrada, ofegante, inerte, soluçando baixinho com as lágrimas escorrendo". Na p. 79, ela sofre de "irritação nervosa". Na p. 223, Homais[34] pontifica, do alto do seu pedante positivismo:

> Isto nos prova, continuou o outro sorrindo com um ar de suficiência benigna, as inumeráveis irregularidades do sistema nervoso. No que diz respeito à Senhora, ela sempre me pareceu, confesso-o, uma verdadeira sensitiva.

Provavelmente Homais diria a mesma coisa de Thérèse, tão sensitiva que chega a ter visões, como ela mesma revela no *Manuscrito A*: "viu" a imagem do pai como ele seria muitos anos depois, atingido por uma doença nervosa que o obrigou a acabar seus dias num hospital psiquiátrico...

A Chama dos Olhares

É inegável que, dentro de sua diferença, essas duas são muito parecidas. São vaidosas? Emma sabe que tem razões para isso. "O que tinha de belo eram os olhos: embora fossem castanhos, pareciam pretos, por causa dos cílios, e seu olhar atingia o interlocutor com franqueza e com uma cândida ousadia" (p. 32). Aliás, "seus olhos, cheios de lágrimas, faiscavam como chamas" (p. 208). Ela sabe que é bonita, compraz-se em se saber desejada e, para se ter uma ideia de como é vaidosa, basta ver o que significou para ela o baile no castelo de Vaubyessard (pp. 63-73): "um buraco em sua vida, como aquelas grandes fendas que uma tempestade, numa só noite, cava às vezes nas montanhas". Mas para comprovar de vez a vaidade de Emma vamos surpreendê-la em seu leito de morte, num breve instante no qual parece que a saúde vai voltar (p. 339):

---

34. O farmacêutico que, no romance, defende a ciência contra a religião.

[...] ela olhou ao seu redor, lentamente, como alguém que desperta de um sonho depois, com voz clara, pediu seu espelho e permaneceu inclinada sobre ele por algum tempo, até o momento em que grossas lágrimas lhe correram dos olhos. Então inclinou a cabeça para trás com um suspiro e caiu novamente sobre o travesseiro.

Porém, só madame Bovary é assim vaidosa? Numa passagem do *Manuscrito A*, Thérèse reproduz uma observação feita por sua mãe: "Há alguma coisa de tão celestial em seu olhar..." e depois narra um episódio que serve de contraponto ao famoso baile de Emma:

> Poderia dizer que foi durante minha estada em Alençon que fiz minha primeira entrada no mundo. Era tudo alegria e felicidade a meu redor, era festejada, mimada, admirada; em suma, durante quinze dias, minha vida só foi coberta de flores. Admito que essa vida tinha encantos para mim.

Desde pequena é assim, mimada, gosta de elogios, "a vaidade penetra tão facilmente no coração!", a santa dengosamente reconhece no mesmo *Manuscrito A*:

> Uma senhora dizia que eu tinha cabelo bonito... outra, ao sair, acreditando não ser ouvida, perguntava quem era essa menina tão bonita, e suas palavras, tanto mais lisonjeiras quanto não pronunciadas na minha frente, deixavam em minha alma uma impressão de prazer que me mostrava claramente o quanto eu era cheia de amor-próprio.

A vaidade de Thérèse se manifesta já em criança, na preocupação com a própria roupa:

> Deixei que me vestisse com a indiferença que devia ser própria das crianças da minha idade, mas interiormente pensava que ficaria mais engraçadinha com meus bracinhos nus.

E não fica só nisso: ela se acha bonita, se vangloria de escrever bem, de saber contar histórias, enfim, de seus dotes intelectuais:

Uma vez, a aluna que se seguia a mim não pôde formular para sua companheira a pergunta do catecismo. Tendo dado em vão a volta a todas as alunas, voltou-se para mim (o padre Domin) dizendo que ia verificar se eu merecia meu lugar de primeira aluna. Na minha profunda humildade, só esperava por isso; levantando-me com segurança disse o que me era pedido sem um único erro, para espanto de todos...

A Rebeldia Teológica

Continuando nosso passeio pelos manuscritos e pelo romance, descobrimos mais um traço que aproxima Emma e Thérèse: a rebeldia, e a primeira coisa a notar é a rebeldia teológica da santa. Sobre isso gostaria de fazer uma observação que me parece reveladora. Quando li o *Manuscrito A* pela primeira vez, encontrei uma referência a De Maistre, qualquer coisa que Thérèse havia lido dele. Leitura apressada, pensei imediatamente em Joseph de Maistre, a grande voz do conservadorismo teológico e político da época e disse a mim mesmo: veja só de onde vem a teologia dessa carmelita. Para minha surpresa, descobri depois que o De Maistre ao qual ela se referia não era Joseph, o político, mas Xavier, o romancista filósofo. A surpresa virou espanto quando li, no romance, que o pároco local recomendou a Emma que lesse, entre os livros piedosos, "pequenos manuais com perguntas e respostas" além de "panfletos em tom arrogante à maneira do Sr. De Maistre", agora sim, o Joseph. Vejam como os papéis parecem trocados entre as duas. O pároco quer que Emma leia um De Maistre e Thérèse lê o outro. Será que Thérèse é mais rebelde do que Emma? Cito uma passagem do *Manuscrito B*:

> Ser tua esposa, ó Jesus; ser carmelita; ser, pela minha união a Ti, a mãe das almas, deveria ser-me suficiente... mas não é... sinto em mim outras vocações, a de guerreiro...

Daí a admiração pela figura de Joanna d'Arc, sobre quem escreve uma peça de teatro para ser representada no convento. No romance, em nome da mediocridade geral da opinião pública, Homais fala a todo momento da boa moral, da ordem e dos bons costumes. E ela, a santa? No *Manuscrito B* ela fala de "desejos audaciosos" e isso explica seu feminismo *avant la lettre*, a defesa que faz, no *Manuscrito A*, das mulheres vítimas de preconceitos na Igreja e na sociedade, sua rebeldia contra o espartilho cultural de seu tempo.

Ainda não consegui entender por que as mulheres são tão facilmente excomungadas na Itália. A cada instante diziam-nos: "Não entrem aqui... Não entrem aí... seriam excomungadas!..." Ah! pobres mulheres, como são desprezadas!...Todavia, são muito mais numerosas em amar a Deus e, durante a Paixão de Nosso Senhor, as mulheres tiveram mais coragem que os apóstolos, pois enfrentaram os insultos dos soldados e atreveram-se a enxugar a Face adorável de Jesus... É sem dúvida por isso que ele permite que o desprezo seja a herança delas na terra, sendo que Ele o escolheu para Si mesmo... No Céu, saberá mostrar que as ideias Dele não se confundem com as dos homens, pois então as últimas serão as primeiras...

Da reflexão, ela passa à ação, no mesmo trecho que estou citando:

Mais de uma vez, durante a viagem [quando foi a Roma pedir ao papa licença para entrar no Carmelo aos 15 anos], não tive a paciência de esperar pelo Céu para ser a primeira... Num dia em que visitávamos um mosteiro de padres carmelitas, não estando satisfeita em acompanhar os romeiros nos corredores exteriores, adentrei os claustros internos... De repente, vi um bom velho carmelita que me fazia sinal, de longe, para me afastar. Em vez de voltar, aproximei-me dele mostrando os quadros dos claustros e dizendo, por sinal, que eram bonitos. Ele percebeu, sem dúvida pelos meus cabelos soltos e meu ar jovem [que santa convencida, meu Deus!] que eu não passava de uma criança; sorriu-me com bondade e se afastou, ciente de que não tinha enfrentado uma inimiga. Se eu soubesse falar italiano, ter-lhe-ia dito ser uma futura carmelita, mas por causa dos construtores da torre de Babel isso não foi possível.

Neste outro episódio, Thérèse desafia completamente a boa ordem de Homais. Ela ouviu falar de um criminoso, Henri Pranzini, condenado à morte por estrangular duas mulheres e uma menina a fim de roubar. Querendo evitar que ele caia no inferno, Thérèse faz campanha, reza pelo culpado, manda celebrar uma missa, e espera. No íntimo, acredita que Deus vai lhe conceder essa graça.

No dia seguinte à sua execução, cai-me às mãos o jornal *La Croix*. Abro-o apressada e o que vejo?... Ah! minhas lágrimas traíram minha emoção e fui obrigada a me esconder... Pranzini não se confessou, subiu ao cadafalso e preparava-se a colocar a cabeça no buraco lúgubre quando, numa inspiração repentina, virou-se, apanhou um Crucifixo que lhe apresentava o sacerdote e beijou por três vezes suas chagas sagradas.

Em outra ocasião, o que preocupa essa freira rebelde é o destino dos que morrem sem o batismo e por isso, segundo a doutrina da época, vão direto para o inferno, como os selvagens, por exemplo. Como explicar essa mesquinhez teológica?

Durante muito tempo perguntava para mim mesma por que Deus tinha preferências, por que não recebem todas as almas o mesmo grau de graças, estranhava vendo-O prodigalizar favores extraordinários aos santos que o haviam ofendido, como São Paulo, Santo Agostinho, e que Ele forçava, por assim dizer, a receber suas graças... perguntava a mim mesma por que os pobres selvagens, por exemplo, em grande número morriam antes mesmo de ter podido ouvir pronunciar o nome de Deus...

A rebeldia de Emma é de outra ordem, mas mesmo assim tem alguma coisa a ver com a teologia, como se pode ler na p. 56:

[...] amara a igreja pelas flores, a música pelas palavras das romanças e a literatura por suas excitações passionais, insurgia-se contra os mistérios da fé, assim como se irritava ainda mais contra a disciplina que era algo de antipático à sua constituição.

Entretanto, sua rebeldia é mais sociológica que teológica, simplesmente ela quer fugir do mundo em que vive, como nessa passagem da p. 79:

> Como os marinheiros angustiados [bela imagem para as duas: marinheiras angustiadas], lançava sobre a solidão de sua vida olhos desesperados, procurando ao longe alguma vela branca nas brumas do horizonte.

Mas nada muda na sua vida, nenhuma vela branca, só cinza, com o amor medíocre de um marido que ela, confessadamente, despreza:

> Aquela miséria duraria para sempre? Será que nunca sairia dela? Ela valia, contudo, tanto quanto as pessoas que viviam felizes! Vira duquesas em Vaubyessard que possuíam uma cintura mais grossa e maneiras comuns, e execrava a injustiça de Deus.

A partir daí, "seu grande véu azul caiu" (p. 74) e Emma, como protesto, entrega-se ao adultério, a forma que ela encontra de procurar o amor. Existirá "um outro amor acima de todos os outros amores, sem intermitência nem fim e que cresceria eternamente!?" ela se pergunta (p. 227). Esse, Thérèse também o procura. Como se vê, as duas são desprotegidas contra o amor e por isso são tão melancólicas e tão românticas.

Melancolia e Romantismo

Por que se fala tanto de melancolia nos manuscritos de Thérèse e no romance de Flaubert? A melancolia é amorosa, heroica, erótica, essencialmente religiosa ou tudo isso ao mesmo tempo?[35] Vejam o que a carmelita escreve no *Manuscrito A*:

---

35. O leitor interessado aproveitará muito lendo o estudo "Natureza Irreal ou Fantástica Realidade? Uma Reflexão sobre a Melancolia Religiosa e suas Expressões Simbólicas

O dia seguinte à minha primeira comunhão foi também um belo dia, porém marcado pela melancolia. A roupa linda que Maria comprara para mim, os presentes todos que recebera não enchiam meu coração. Só Jesus podia contentar-me.

E no entanto, ela acaba de comungar! O que se passa? Em outra momento do mesmo manuscrito, Thérèse diz que tem um coração "suavemente melancólico" para acrescentar em seguida: "a terra parecia-me um lugar de exílio e eu sonhava com o Céu". Deve ser isso que Emma entende como a "mais fina melancolia católica que uma alma etérea pudesse conceber" (na p. 228 do romance). Mas o que é mesmo melancolia: uma ausência que dói ou uma saudade não se sabe de quê? Lembro o doutor Freud concluindo o seu trabalho sobre luto e melancolia:

[...] a interdependência dos complicados problemas da mente nos força a interromper qualquer indagação antes que esteja concluída até que o resultado de uma outra indagação possa vir em sua ajuda.

Diante disso, acho mais prudente deixar que os especialistas desenvolvam o tema da melancolia e enveredo por um tema mais fácil que é o do romantismo. Então, quando afirmo que Emma e Thérèse são românticas é simplesmente porque no jeito de ser de cada uma há uma valorização muito grande dos sentimentos de tal forma que não sabemos direito onde estão os limites entre o romantismo e o bovarismo.

Thérèse, ao que parece, não conheceu o amor terreno. É certo que conviveu com pessoas da mesma idade, em Aleçon, cenário da primeira parte de sua vida, mas "os amigos que tínhamos eram excessivamente mundanos". Se não fosse assim, essa histó-

na Obra de Hieronymus Bosch", de Lilian Wurzba Ioshimoto. Tese apresentada para obtenção do Doutorado em Ciências da Religião da PUC-SP em 2009.

ria poderia ser completamente diferente. Numa mesma página do *Manuscrito A* Thérèse escreve frases que não deixam nenhuma dúvida:

> Estava na mais perigosa idade para as moças... Com um coração igual ao meu, ter-me-ia deixado seduzir e cortar as asas... Talvez me tivesse deixado queimar pela luz enganadora se a tivesse visto brilhar perante meus olhos... Meu coração sensível e amoroso ter-se-ia entregado facilmente se tivesse encontrado um coração capaz de compreendê-lo...

Não encontrou, e nesse ponto, as experiências divergem. Thérèse não bebeu "na taça envenenada" do amor humano; Emma conhece bem o amor terreno[36]. Casa-se, tem amantes, e sofre. O casamento é um fracasso. Ela tinha sonhos:

> [...] teria desejado casar-se à meia-noite, à luz de tochas; mas o pai Rouault nada compreendeu de tudo aquilo. Houve, portanto, um casamento ao qual compareceram quarenta e três pessoas, durante o qual se permaneceu dezesseis horas à mesa, que recomeçou no dia seguinte e continuou mais um pouco nos dias subsequentes.

No entanto, tudo acontece dentro da mediocridade geral. Não demora muito e o marido mostra "toda a insipidez do personagem":

> Emma, diante dele, olhava-o; não partilhava sua humilhação, sentia uma outra; era a de ter imaginado que um tal homem pudesse valer alguma coisa, como se já vinte vezes não tivesse suficientemente percebido a sua mediocridade (p. 199).

A palavra-chave para se entender a situação de Emma é tédio. "Por que, meu Deus, eu me casei?" (p. 61). E "a apaixonada de todos os romances, a heroína de todos os dramas" descobre "a

---

36. Em termos kantianos digamos que Thérèse conhece o amor puro e Emma o amor prático.

inefável sedução da virtude que sucumbe" (p. 257) e sai em busca de novos amores. "O amor, pensava, devia chegar de repente com grandes estrondos e fulgurações" (p. 118) e é assim que ela se aproxima primeiro de Leon e depois de Rodolphe.

Logo os estrondos e as fulgurações desaparecem e Emma "encontrava no adultério toda a insipidez do casamento" (p. 305). Aquela que, "olhando estrelas desejava amores de príncipe" (p. 303), não os encontra. Sua vida passa a ser uma eterna lamentação: "Oh! Se o céu o tivesse desejado!" Mas, pelo visto, não desejou, e então Emma e Thérèse, despojadas dos amores humanos, voltam a encontrar-se, dessa vez, num degrau mais alto de suas experiências.

A Linguagem da Paixão

Não ia dizer, para não criar nenhuma predisposição contra elas, mas Thérèse e Emma às vezes são insuportáveis. Desmaiam, têm chiliques, fingem doenças, os nervos à flor da pele e, sobretudo, esses suspiros e torpores, as exaltações, essa languidez meio doentia e para completar essas lágrimas que derramam por qualquer pretexto. Parem já de chorar, as duas! Não adianta. Thérèse chega a dizer que "chorava por ter chorado" e a verdade é que ela e Emma têm o mesmo sentimento de uma ausência.

Um exemplo, para começar: uma semana depois da profissão de Thérèse no convento, ou seja, sua tomada de véu, houve o casamento de Jeanne Guerin, sua prima. Não sei o que a jovem carmelita foi perguntar a Jeanne mas eis o que ela escreve no *Manuscrito A*:

> Dizer-vos, querida Madre, como seu exemplo (de Jeanne) me instruiu a respeito das delicadezas que uma esposa deve prodigalizar ao esposo ser-me-ia impossível. Escutava ávida tudo que eu podia aprender, pois não podia fazer menos por meu Jesus amado do que Jeanne por Francis, criatura sem dúvida muito perfeita, mas criatura...

Mas tem mais: ela inventa um convite de casamento no qual Deus Todo-Poderoso, Criador do Céu e da Terra etc., anuncia o casamento de seu filho Jesus com a senhorita Thérèse, enquanto o senhor Louis Martin anuncia o casamento de sua filha Thérèse com Jesus. Depois disso, é só consultar os textos, e eles dão vertigem. Alguns exemplos:

> Passando perto de mim, Jesus viu que havia chegado para mim o tempo de ser amada. Ele fez aliança comigo e passei a ser sua. Estendeu sobre mim seu manto, lavou-me em perfumes preciosos, revestiu-me de roupas bordadas, dando-me colares e joias sem preço... então passei a ficar bela aos olhos dele e ele fez de mim uma poderosa rainha...

A partir de agora o tom é esse, escrita e desejo se fundem. Emma desejava que o amor lhe chegasse com estrondos e fulgurações. Como se conversasse com ela, Thérèse escreve:

> Minha união com Jesus fez-se não em meio a trovões e relâmpagos, isto é, graças extraordinárias, mas no meio de uma leve brisa...

Ela encontra seu noivo. Ele lhe envia flores, envia neve mas ela quer mais. Apesar de seu pudor, pede-lhe "mil marcas de amor", depois se arrepende e diz que "quando se ama sente-se necessidade de dizer mil bobagens". Numa dessas "bobagens" fala ambiguamente em dormir com Jesus e a tradutora do manuscrito publicado pela Loyola[37] esclarece em nota de pé de página que esse é um dos mais belos temas de Thérèse.

Enfim, o último exemplo, essa passagem do *Manuscrito A*:

> Foi um beijo de amor, sentia-me amada e dizia também: Amo-vos, dou-me a Vós para sempre. Não houve pedidos, lutas, sacrifícios; há muito que Jesus e Teresinha (como é conhecida na tradição portuguesa) se haviam

---

37. Yvone Ma. De Campos Teixeira da Silva.

olhado e compreendido... lágrimas deliciosas inundaram-na logo para grande espanto das suas companheiras que, mais tarde, diziam umas às outras: Por que será que ela chorou?

Essa linguagem escandaliza? Denis de Rougemont lembra[38] que o século XIX é marcado por um confronto entre a moral burguesa e o que ele chama de moral passional ou romanesca, aquela que concebe o amor como via para o absoluto. E é exatamente esse o caso de Thérèse e Emma. Elas falam a linguagem da paixão. Acompanhemos algumas passagens do romance que mostram como, depois do fracasso dos seus amores humanos, Emma procura desesperadamente Deus:

> Quando se ajoelhava no genuflexório gótico, dirigia ao Senhor as mesmas palavras de suavidade que murmurava outrora ao amante nas efusões do adultério (p. 228).

Assim como em Thérèse, em Emma os amores também se misturam:

> Sua alma, extenuada de orgulho, repousava enfim na humildade cristã; e saboreando o prazer de ser fraca, Emma contemplava em si mesma a destruição da vontade que devia abrir uma larga porta às invasões da graça. Existiam pois, no lugar da ventura, felicidades maiores, um outro amor acima de todos os outros amores, sem intermitência nem fim e que cresceria eternamente! Ela entreviu, entre as ilusões de seu espírito, um estado de pureza que, flutuando acima da terra, confundia-se com o céu, onde aspirava estar. Quis tornar-se uma santa.

O fervor de Emma é tão grande que o pároco teme que ele chegue às raias da heresia. Esse fervor vai se encorpando aos poucos e chega ao seu clímax nos momentos finais da vida de Emma, já em seu leito de morte:

---

38. *História do Amor no Ocidente.*

O padre ergueu-se para pegar o crucifixo; então ela estendeu o pescoço como quem tem sede e, colando os lábios ao corpo do Homem-Deus, depositou nele, com toda sua força expirante, o maior beijo de amor que jamais dera.

A *Figura Viva* e a *Figura Pintada*

Começo esta última parte resgatando uma imagem que está na p. 215 do romance. Rodolphe, um dos amantes de Emma, prepara-se para escrever a carta na qual vai romper sua relação com ela. Antes de escrever, ele evoca suas lembranças contemplando uma imagem que guardou da amante. O narrador, que observa a cena, nos diz:

> [...] os traços de Emma pouco a pouco confundiram-se na sua memória, como se a figura viva e a figura pintada, esfregando-se uma contra a outra, se tivessem reciprocamente apagado.

No nosso caso, ao confrontar uma figura viva – Thérèse de Lisieux – com uma figura pintada por Flaubert – Madame Bovary – as duas reciprocamente se iluminam e os seus traços se avivam. Passamos a conhecê-las melhor e a perceber que a santa e a pecadora estão muito mais próximas uma da outra do que antes podíamos imaginar. O que as aproxima tanto assim?

Depois desse longo passeio em companhia de Emma e Thérèse, não pretendo chegar a nenhuma conclusão. Como lembra Micheline Hermine no final do seu livro, Flaubert nos adverte contra o perigo que é querer concluir. *Une bêtise*, uma besteira. Por isso vou apenas reunir as pequenas lembranças que trouxemos do passeio, como as pequenas conchas que alguém recolhe caminhando numa praia, quando a maré está baixa.

As conchas são os muitos temas pelos quais passamos ao longo dessa leitura. Dessas conchas-temas quero resgatar a concha mais bonita ou o tema que o tempo todo percorre os subterrâneos desse texto. Esta concha, ou este tema, se dissimula por todas as páginas dos manuscritos de Thérèse, resumido na passagem em que ela fala do "enfeitiçamento das bagatelas do mundo" e aparece de maneira muito clara no romance de Flaubert quando, numa determinada passagem (p. 298), Emma recorda seus amores e sua vida passada:

> E de repente viu Léon tão longe quanto os outros.
> – Todavia eu o amo! Dizia a si mesma.
> Não importa! Ela não era feliz, nunca o fora.

E agora vem o que interessa, nessa interrogação que o romance faz:

> De onde vinha então aquela insuficiência da vida, aquela podridão instantânea das coisas em que se apoiava?

Aqui está, pois, o tema maior, aquele que forma a invisível arquitetura dos manuscritos e do romance, as bagatelas do mundo e a insuficiência de tudo. Sobre esse assunto, podemos recordar a *tradition pascalienne* mas lembrando também um tema marginal que se contrapõe ao tema da insuficiência: o inconformismo humano diante da penúria que a insuficiência representa[39].

"Para que ser poeta em tempos de penúria?", Holderlin pergunta, e a resposta poderia ser: precisamente para denunciar a penúria, como ele faz. No romance de Flaubert e também nos manuscritos de Thérèse, a penúria, que é o outro nome da insuficiência, é denunciada pela própria penúria da linguagem que, no entanto, transcende essa condição:

---

39. E poderíamos lembrar *O Homem Revoltado* de Camus.

[...] a palavra humana é como um caldeirão rachado, no qual batemos melodias próprias para fazer dançar os ursos quando desejaríamos enternecer as estrelas.

Essa é uma das conchas que achamos na praia dos manuscritos e do romance, ou seja, o grande tema que essas duas nos deixam: somos marcados pela insuficiência da linguagem, mas também pelo desejo de querer transcender e ir além da experiência dos limites[40]. A literatura e a teologia, Emma e Thérèse, se encontram nesse sentimento que fica no limiar do sublime, entre o amor e a melancolia, entre o *estar-dorido*, que se expressa num estremecimento, e o *estar-alegre*, que se eleva até o encanto e que, não sendo prazer, é mais que o prazer[41].

O que elas encontram por fim, a dialética do amor cortês? Mais do que isso, bem mais, encontram aquele que, segundo Santo Agostinho, está na aurora de todo amor. Por isso elas não param de chorar. Emma e Thérèse guardam a lembrança do *Cântico dos Cânticos*[42], a tradição madalênica e a doutrina do Penthos[43]. São *teopatas*, para usar uma expressão de William James, e herdaram do final da Idade Média o estado espiritual chamado *dulcado Dei*, a doçura das delícias do amor de Cristo[44]. E são mulheres e assim se passam as coisas.

A última concha, por fim: Thérèse lembra nos seus escritos que algumas coisas perdem o seu perfume quando expostas ao

---

40. Como faz a literatura, segundo diz Phelipe Sollers.
41. Cf. a *Teoria da Tragédia*, de Schiller.
42. "O *Cântico dos Cânticos* é uma expressão escrita da experiência amorosa humana que está próxima de Deus; por isso ela é sagrada". Cf. *Imagens de Plenitude na Simbologia do Cântico dos Cânticos*, Maria José Caldeira do Amaral, Educ/Fapesp, 2009.
43. A referência clássica sobre a doutrina do *penthos* (a doutrina da compunção e das lágrimas) ainda é a obra de Irénée Hausscherr, *La doctrine de la componction dans l'Orient Chrétien*, de 1944. Cf. a tese de Teresa Candolo, "Desejo de Deus: as Lágrimas e a Representação do Ideal Monástico Primitivo em Hagiografias Medievais Portuguesas", Unicamp, 2002.
44. Cf. Johan Huizinga, *O Declínio da Idade Média*.

ar. Felizmente não foi assim no nosso caso. As duas permanecem o tempo inteiro expostas ao voyeurismo do texto e, mesmo assim, chegamos ao final do ensaio como o poeta Manuel Bandeira, sonhando com as "ardentes ternuras" das "grandes místicas melancólicas"[45] e sentindo o perfume que continuaremos respirando quando a leitura acabar e elas forem embora.

---

45. "Pierrot Místico", do livro *Carnaval*.

VI
Coisas do Amor Insatisfeito[1]

Meu amor é assim, sem nenhum pudor.

ADÉLIA PRADO

O Pseudo-Dionísio, entre muitas outras coisas, nos adverte: "[...] e se lembrar de tantas outras passagens em que Deus é celebrado em termos eróticos". Pois é justamente o que vamos fazer, porém levando mais longe o conselho do Aeropagita. As "outras passagens" a que ele se refere são passagens bíblicas, que falam sobre o "desejo amoroso" de Deus. Entretanto, nosso propósito é ir além, ver a ressonância bíblica em outras páginas da literatura ocidental. Por isso, a partir do Pseudo-Dionísio[2], vamos ver se e como Deus é celebrado em termos eróticos na poesia de Adélia

---

1. Originalmente apresentado no Congresso International da ABRALIC, em julho de 2008, este texto foi depois publicado na revista *Religião & Cultura,* da PUC-SP, no vol. 7 de 2008 sob o título "Leitura Pseudo-dionisiana de Adélia Prado e Hilda Hilst". Agora, em sua forma final, com algumas correções e acréscimos, ele se apresenta também com um novo título.
2. As citações do Pseudo-Dionísio, em grifo, são de sua *Obra Completa,* São Paulo, Paulus, 2004.

Prado[3] e Hilda Hilst[4], duas autoras que resumem a resposta feminina e humana ao "desejo amoroso" de Deus.

Para começar, lembremos que o conselho do Pseudo-Dionísio é dado num contexto em que ele recorre ao livro dos *Provérbios* para defender-se da acusação de sustentar tese contrária à Bíblia quando se refere ao tema do "desejo amoroso" de Deus. O parágrafo completo é assim:

> Para que não se imagine que sustentando esta tese iremos contra a autoridade das Divinas Escrituras, aqueles que criticam o emprego da expressão "desejo amoroso" devem apenas ouvir esta palavra do Sábio: "Seja amoroso com ela e ela te guardará; envolve-a e ela te exaltará, honre-a para que ela te abrace" (Pr 4,6-9), e se lembrar de tantas outras passagens em que Deus é celebrado em termos eróticos.

Logo se percebe que o Pseudo-Dionísio está interessado em defender e justificar a expressão "desejo amoroso" de Deus e o faz citando algumas passagens bíblicas, mas deixando ao leitor o trabalho de descobrir outras. Que tipo de artifício é esse? Ele teria mesmo esquecido passagens a esse respeito inesquecíveis ou quer nos enredar em seu próprio texto? Esquecimento ou astúcia?

Quem sabe? Mas não custa nada dar uma força ao Pseudo-Dionísio, para o caso de uma improvável mas sempre possível acusação póstuma de heresia, e o leitor certamente não se negará a ajudá-lo examinando, ele próprio, "outras passagens" bíblicas em livros como *O Cântico dos Cânticos*, para dizer o texto mais evidente, ou outros mais que mais interessarem. Se tiver alguma dúvida sobre o *modus faciendi*, o próprio Aeropagita diz como

---

3. As citações de Adélia Prado são de *Poesia Reunida*, São Paulo, Siciliano, 4ª Edição, 1995.
4. As citações de Hilda Hilst são de *Poemas Malditos, Gozosos e Devotos*, São Paulo, Globo, 2005.

proceder: "por meio de pesquisas mais meticulosas e mais ousadas no detalhe".

Em contrapartida, faremos o mesmo nos textos do próprio Aeropagita e, depois, naqueles que formam o *corpus* do seu trabalho. E assim, se amplia consideravelmente o campo de pesquisa, sem prejuízo da delimitação do objeto de nosso estudo, e saímos todos ganhando.

Para começar, vamos ver como as coisas se passam no interior da obra do Pseudo-Dionísio, porque este é o nosso ponto de partida. Primeira anotação a fazer: "quando se trata de teologia, é preciso começar pelas preces". Já se vê que é um homem piedoso, o Aeropagita, um místico profundamente reverente a Deus. Deixemo-lo, por um momento, recolhido em suas orações e compulsemos a sua obra.

Desde o início, vamos aos poucos descobrindo outras facetas suas como, por exemplo, um traço de pugnacidade surpreendente num místico, que sempre imaginamos em estado de ataraxia. Ele está disposto a entrar "na liça teológica e anuncia: faremos esforços então, enquanto estiver em nossa possibilidade, de defender ousadamente nossa tese". Mas de que é mesmo que se trata? De assegurar a legitimidade e o caráter bíblico da expressão "desejo amoroso" de Deus. Piedoso, sim, mas também pugnaz e ousado, o Pseudo-Dionísio.

Pois é assim mesmo, com piedade e ousadia, que ele nos conduz por intrincados labirintos teológicos para nos falar da paixão divina. Antecipando o final apoteótico de *A Divina Comédia*, o verso final, *amor che move il sole e l'altre stelle*[5], ele nos diz referindo-se a Deus: "É o amor que o move e é porque é digno de amor que move os outros".

---

5. "O amor que move o sol e as outras estrelas."

A partir daí, e não podia ser diferente, o discurso do Aeropagita incorpora a linguagem da paixão. De que nos fala, afinal? De Deus como

esta Beleza que concede a cada um ser belo conforme a proporção que lhe convém, esta Beleza que produz toda conveniência, toda amizade, toda comunhão, esta Beleza que produz toda unidade e que é princípio universal, porque ela produz e move todos os seres e os conserva, dando-lhes o amoroso desejo de sua própria beleza. Para cada um, ela constitui, portanto, seu limite e o objeto do seu amor...

Quem percorre as páginas escritas pelo Pseudo-Dionísio vai sendo aos poucos possuído por essa linguagem que, a todo momento, emprega mil variantes da expressão "desejo amoroso" de Deus. Se quiser, o leitor poderá dar um pequeno passeio pela teologia do Pseudo e comprovar, ele mesmo, o que acaba de ler. Encontrará expressões como "ardor zeloso", "divino Desejo", "divina voluptuosidade". É escandalosa essa linguagem. Pois não é?

O Pseudo-Dionísio não só é piedoso, pugnaz e ousado, como também é um escritor envolvente. Ele prende, seduz e, como um escritor-aranha, não hesita em enredar o leitor nas teias do seu próprio texto. E o faz jogando uma isca: "Estou seguro de, com minhas palavras, despertar em ti as fagulhas latentes de um fogo divino". Muito astuto, esse Pseudo-Dionísio.

Aos poucos, ele vai nos enredando numa espécie de erosfera: "É o objeto de meu desejo amoroso que eles puseram na cruz". Mas essa já é a linguagem que Madalena entende. É também a linguagem dos místicos e das místicas, assim como dos poetas, inserida numa grande tradição que tem, em sua nascente, uma frase famosa de Santo Agostinho: "A minha medida é o meu amor"[6].

---

6. Em *Confissões: Pondus meum amor meus.*

Ele Pergunta: Onde Estás?

Percorrendo a Bíblia, o leitor encontrará páginas admiráveis que falam da paixão de Deus pelos seres humanos, como, aliás, já nos referiu o Pseudo-Dionísio. Não é necessário, pois, retomar o tema a não ser para maior clareza da exposição. Se é esse o caso, podemos ficar com um exemplo que esclarece bem a atitude do Deus bíblico diante dos humanos. É uma passagem que está no livro de *Oseias*, Em termos metafóricos, por mais que Deus tenha sido enganado e abandonado, o seu desejo pela mulher é tão intenso que, quando nenhum profeta consegue trazê-la de volta para ele, no afã de conquistá-la, ele diz: "Eis que vou eu mesmo procurá-la, vou levá-la ao deserto e falar-lhe ao coração".

É claro que nem sempre é assim. Como a personagem redonda de que fala E. M. Forster[7], ele muitas vezes surpreende o leitor e se apresenta com ares de valentão: bateu, levou, olho por olho, dente por dente. Fulmina Sodoma num incêndio nuclear, transforma a mulher de Lot em estátua de sal, humilha Jonas, deixa o faraó apavorado. São tantas as malfeitorias e tão graves seus antecedentes criminais que Nietzsche o chama de *salteador de estradas* e Jack Miles escreve: "É estranho dizer isso, mas Deus não é nenhum santo"[8].

Esse aspecto contraditório da divindade bíblica faz parte da ambilavência que, segundo Susan Handelman, é o legado que Moisés deixou ao povo judeu e expressa sempre a disposição para aceitar o *outro* sentido[9]. Isto é fundamental quando se trata de discutir questões difíceis que exigem um conhecimento profundo da semântica dos verbos hebraicos. Já se disse, por exemplo,

---

7. Em *Aspectos do Romance*.
8. Logo no primeiro capítulo de *Deus, uma Biografia*.
9. Estou me valendo aqui de Berta Waldman em "Poesia Nômade", o prefácio que escreve para o livro *Ata*, de Moacir Amâncio.

que Deus não sabe o que é o amor, até porque não teve essa experiência, não conheceu pai nem mãe (embora na Bíblia cristã ele dê um jeito nisso), vivendo como um solteirão, sozinho na eternidade. Jack Miles, no livro já citado, chega a compará-lo com a personagem de *A Educação Sentimental* de Flaubert. Como Frédèric Moreau, Deus seria um fracassado no amor. Menos, Mister Jack.

De qualquer forma, correndo o risco de alguma simplificação, pode-se afirmar que, desde os tempos bíblicos, Deus se mostra absolutamente carente da presença humana, embora alguns teólogos discordem fundados no pressuposto de que isso abalaria o conceito de sua onipotência. Deixemos os teólogos discutindo, eles gostam disso, e vamos em frente. O Pseudo-Dionísio, como vimos, não hesita em falar no "desejo amoroso" de Deus. Mas é amor mesmo, como já se perguntou, ou afirmação do poder patriarcal? Esse é um terreno minado, como tudo em teologia, mas mesmo assim André LaCocque pôde notar, confirmando o Aeropagita, que o Deus bíblico se move num universo totalmente erótico[10].

A esse propósito, Jack Miles, outra vez, faz um instigante comentário a respeito daquela passagem do capítulo 3 do Gênesis, na qual, depois de experimentarem o fruto proibido, Adão e Eva compreendem que estavam nus, e se escondem de Deus, que os procura:

> É o desejo compreendido, a vontade admitida que envergonha. Quando o Senhor Deus chama: Onde estás?, estará ele admitindo seu próprio desejo e conscientemente comprometendo a perfeição de sua soberania? Para colocar mais simplesmente, Deus sente falta deles? Serão os dois humanos, em seu agora vergonhoso desejo recíproco, uma imagem ainda mais

---

10. Cf. o ensaio no livro *Pensando Biblicamente*.

perfeita dele, que os deseja tanto a ponto de criá-los mas que só *a posteriori* compreende o que estava fazendo?[11]

Mas o assédio nem sempre é assim tão evidente, ele tem outras artimanhas. No primeiro livro de Reis conta-se o que ele faz para atrair Elias. Passa um vento forte, Elias se assusta, mas ele não está no vento. Depois um terremoto, outra vez Elias se assusta, mas ele não está no terremoto. Aí vem o fogo, mas ele não está no fogo. Então, o truque final: uma brisa suave, e ele aparece a Elias. É no sopro da brisa que Javé vem. E como bom ator, usa outros recursos. No capítulo 11 de Oseias, comove-se ao lembrar o tempo em que éramos meninos (a humanidade) e ele nos tomava nos braços e nos dava de comer. No livro de Isaías ele diz que se manteve em silêncio por muito tempo, mas agora gritará como uma mulher na hora do parto. Não adianta dizer: Calma, Senhor, o Deus bíblico fará qualquer coisa para seduzir os humanos.

Mas é na Encarnação que ele se supera e radicaliza de vez. Se, para Baudelaire, a criação é a queda de Deus, porque Deus cai na imanência, como definiremos a Encarnação? *Verbum caro factum est.* E o Verbo se fez carne, como nos disse São João no *incipit* do seu Evangelho. Mas o que é isso? Um delírio divino? O ápice do seu desejo amoroso? Seja o que for, a partir daí, o sagrado e o profano se misturam. Deus é homem e há de sê-lo eternamente, assim disse Karl Rahner, e Inácio de Antioquia foi capaz de uma fórmula radical: "Deus se fez homem para que o homem se fizesse Deus". É a teologia pelo avesso, a inversão da *anabasis* em *katabasis*, Deus que se apressa em vir ao encontro do ser humano, antes mesmo que o ser humano chegue até ele.

Na fonte de Jacó, segundo o relato de João, Jesus Cristo deixa a samaritana aturdida. "Como, sendo judeu, tu me pedes de beber,

---

11. *Deus, uma Biografia.*

a mim que sou samaritana?" Mas esse amor é transgressor, não está preocupado em seguir regras que nos separam: "Se soubesses o dom de Deus e quem é que te diz: Dá-me de beber, tu é que lhe pedirias e ele te daria água viva".

Os discípulos haviam ido à cidade, fazer compras, e Jesus estava sozinho com a mulher, na beira do poço. Quem lê a narrativa de João sente que ela acha um tanto estranhas as palavras do Mestre, mas ainda assim vai ouvindo, vai ouvindo... até que os discípulos voltam. Também eles se admiram ao encontrar Jesus com a samaritana, mas não dizem nada. Um pouco aflita, ela esquece o cântaro na beira do poço e corre à cidade: "Vinde ver um homem que me disse tudo o que fiz". E pergunta: "Não seria ele o Cristo?" É ele, a outra face do Deus sedutor.

Episódios assim, de explícita sedução, são muitos nos Evangelhos. Algumas cenas são inesquecíveis, cinematográficas. "Segue-me", ele diz, e homens e mulheres largam tudo e seguem os seus passos. Mas a cena que desejo resgatar e para qual chamo a atenção está registrada no final de todos os Evangelhos, depois da morte de Jesus, quando as mulheres, Madalena entre elas, vão ao sepulcro procurar o seu corpo. Em Lucas, dois anjos aparecem e lhes dizem que ele não está mais ali, ressuscitou. Em Mateus, Jesus aparece a elas. Em Marcos, aparece primeiro a Madalena. Nos três, os anjos ou o próprio Jesus lhes determinam que contem tudo aos discípulos, os quais, no entanto, não acreditam em nada do que elas dizem, suspeitando que se trate de puro delírio.

Mas é no Capítulo 20 de João que se dá algo notável. Perdoem a longa citação, dos versículos 1 a 18:

> No primeiro dia da semana, Maria Madalena foi ao sepulcro de madrugada, sendo ainda escuro, e viu que a pedra estava revolvida. Então correu e foi ter com Simão Pedro e com o outro discípulo a quem Jesus amava, e disse-lhes: tiraram do sepulcro o Senhor e não sabemos onde o puseram.

Saiu, pois, Pedro e o outro discípulo e foram ao sepulcro. Ambos corriam juntos, mas o outro discípulo correu mais depressa do que Pedro e chegou primeiro ao sepulcro; e abaixando-se, viu os lençóis de linho; todavia não entrou. Então Simão Pedro, seguindo-o, chegou e entrou no sepulcro. Ele também viu os lençóis, e o lenço que estivera sobre a cabeça de Jesus, e que não estava com os lençóis, mas deixado num lugar à parte. Então entrou também o outro discípulo, que chegara primeiro ao sepulcro, e viu e creu. E voltaram os discípulos outra vez para casa.

Enquanto os dois discípulos voltam, Madalena não arreda pé:

Maria, entretanto, permanecia junto à entrada do túmulo, chorando. Enquanto chorava, abaixou-se e olhou para dentro e viu dois anjos vestidos de branco, sentados onde o corpo de Jesus fora posto, um à cabeceira e outros aos pés. Então eles lhe perguntaram: Mulher, por que choras? Ela lhes respondeu: Porque levaram o meu Senhor, e não sei onde o puseram. Tendo dito isto, voltou-se para trás, e viu Jesus em pé, mas não reconheceu que era Jesus. Perguntou-lhe Jesus: Mulher, por que choras? A quem procuras? Ela, supondo ser ele o jardineiro, respondeu: Senhor, se tu o tiraste, dize-me onde o puseste, e eu o levarei. Disse-lhe Jesus: Maria. Ela, voltando-se, lhe disse, em hebraico: Rabôni! Que quer dizer, Mestre. Recomendou-lhe Jesus: Não me detenhas; porque ainda não subi para meu Pai, mas vai ter com os meus irmãos, e dize-lhes: Subo para meu Pai e vosso Pai, meus Deus e vosso Deus. Então saiu Maria Madalena anunciando aos discípulos: Vi o Senhor! E contava que ele lhe dissera estas coisas.

Essa passagem do Evangelho de João merece um comentário e podemos citar o do autor anônimo do sermão traduzido por Rilke[12]. Depois de relatar os sucessivos encontros/desencontros entre Madalena e Jesus, após a morte deste, diz o autor do sermão:

Enfim, o próprio (Jesus) surge à sua frente, embora não seja reconhecido. Faz-se reconhecer; talvez queira contentar o seu amor ávido. De

---

12. Cf. *O Amor de Madalena*.

modo algum. Quer, pelo contrário, atormentá-lo desmesuradamente; pois, como está de todo enlevada, corre até ele, e Jesus lhe diz: Não me toqueis, mas ide dizer a meus irmãos que vou até meu Pai e até meu Deus. Ó Deus, que amante é esse que só aparece à amante para lhe anunciar sua partida imediata!Porém, deixai-a pelo menos beijar-lhe os pés. Não, não o fará. Ela se lhes lança, ainda acreditando encontrar em Jesus a mesma facilidade, e Jesus a rejeita e lhe diz: Não me toqueis, pois ainda não subi até meu Pai. Palavras inventadas para ser o eterno tormento de seu amor. Não me toques agora porque estou em tuas mãos; espera para tocar-me quando eu tiver subido aos céus. Afasta-te de mim enquanto eu estiver presente; espera para tocar-me quando eu não estiver mais sobre a terra; então, tu te lançarás com toda a sua força. Seria o mesmo dizer: Consome-te, parte o teu coração com esforços inúteis. Não é troçar do amor falar dessa maneira?

Nesse ponto, pedimos licença ao cardeal De Berrule, o provável autor, para fazer uma observação óbvia mas necessária. Um ensaio não pode dizer tudo e seria preciso, a rigor, mergulhar em toda a história da teologia para comprovar que, nos seus melhores momentos, ela foi contaminada pelo "efeito Madalena". Não é evidentemente o que se vai fazer aqui. No nosso caso, é suficiente mencionar, como mencionamos, o Pseudo-Aeropagita e Santo Agostinho. Até porque há sempre uma citação de Santo Agostinho pronta para socorrer o ensaísta em apuros, como esta: "Deus é buscado para ser encontrado com mais doçura e é encontrado para ser buscado com mais ardor"[13].

Também seria tema para outro trabalho repassar toda a história da literatura para mostrar como também ela é afetada pelo "efeito Madalena". O tema do roubo do coração emigra das páginas de São João da Cruz para as páginas de romances e de poemas que nunca poderemos esquecer. Darei, por isso, apenas um exemplo. Uma escritora descrente, Simone de Beauvoir, contami-

---

13. No *De Trinitate*.

nada pela angústia dos profetas: "Por que Deus não se mostra a todos, por um só instante, ao menos uma vez?"[14]

Elas Respondem: Aqui, Senhor

Caminhando em direção à questão central do ensaio, retomemos a última frase do cardeal De Berrule, antes que o interrompêssemos: "Não é troçar do amor falar dessa maneira?" É, sim, e é isso que provoca o "efeito Madalena" na teologia, na literatura em geral e, especificamente, na poesia das autoras que vamos ler agora, com a bênção de Sua Eminência.

Comecemos por Adélia Prado, e ela resume tudo numa constatação dramática, como se lê no poema "A Serenata":

> Uma noite de lua pálida e gerânios
> ele viria com boca e mãos incríveis
> tocar flauta no jardim.
> Estou no começo do meu desespero
> e só vejo dois caminhos:
> ou viro doida ou santa.

Adélia vira santa. É esse o destino do homem, como ela diz no poema "Entrevista", um tema que aparece frequentemente na literatura. Em *A Peste*, de Camus, por exemplo, Tarrou queria ser santo, mesmo sem acreditar em Deus[15]. Só que Adélia não será nunca uma *santa de levitar*, como ela mesma escreve. No início do seu desespero, e mesmo depois, é na terra que ela permanece, com todas as limitações de sua condição humana.

E quanto a Hilda, doida ou santa? Ela mesma pergunta:

---

14. Cf. Informations Catholiques, 15/12/1958.
15. É o caso de lembrar a novela de Miguel de Unamuno, *São Manuel Bueno, Mártir*.

> Dirias que sou demente
> Louca?

Direi, sim: Hilda é louca. Então, está decidido: Hilda é louca e Adélia é santa. Mas se fosse assim, seria simples demais para ser entendido. Porque talvez seja exatamente o contrário. Adélia é santa mas é doida e Hilda é louca mas é santa. Agora sim, as coisas ficam mais claras, ou mais obscuras e dá tudo no mesmo.

Vamos tentar compreendê-las, se é possível. Em primeiro lugar, Adélia é barroca, como ela mesma diz nos poemas "Gênero" e "Entrevista", querendo dizer que herdou o legado do catolicismo barroco mineiro, com tudo que isso implica em termos de doutrina e de culto. Adélia vive sob a luz de velas, respira incenso e "esta tristeza endócrina resolvida a jaculatórias pungentes", como está no poema "Limites".

Se Adélia se define assim, como alguém que faz parte do mundo barroco, como se definirá Hilda? Ela se diz uma mistura

> De piedosa, erudita, vadia
> e tão indiferente

Pela ordem em que as palavras aparecem no poema, a piedade é a primeira reminiscência de Hilda, vem dos tempos remotos de sua infância e da infância de Deus. É um tempo no qual ela pode escrever:

> Dorme, inventado imprudente menino

E esse menino, embora inventado – ou porque inventado – está de tal maneira entranhado no *substratum* cultural de onde vem a poeta, e na sua própria subjetividade, que se torna absolutamente necessário, como se pode ver no verso seguinte:

> Dorme. Para que o poema aconteça.

E é como se Hilda dissesse: Dorme, para que o mundo se explique, pois esse mundo só se explica quando o poema acontece. Este é o lugar da piedade, mas esta piedade logo será confrontada com a "erudição". Só que Hilda é moderna e erudição, no caso dela, significa um modelo de conhecimento que vai pôr em xeque toda a visão barroca do mundo de Adélia. Nesse modelo de conhecimento herdado por Hilda o modelo da racionalidade moderna, não há mais lugar para esse "menino inventado", que vem do barroco. Daí o mal-estar de Hilda que passa da "erudição" para a "vadiagem" intelectual, tomando o caminho seguido pela modernidade.

Da negação ditada pelo ateísmo passa para a dúvida agnóstica e daí para a indiferença. No entanto, aquele resíduo de piedade não se perde, permanece como um fundo obscuro na vida de Hilda e se transforma depois numa dimensão inesperada de sua poesia. Mesmo porque, como observa Jack Miles, muita gente no Ocidente não acredita mais em Deus, mas a crença perdida, assim como uma fortuna perdida, tem efeitos duradouros[16].

Prosseguindo nessa aproximação entre nossas duas autoras, deparamo-nos com algo inesperado: a "vadiagem" de Hilda consegue abalar os alicerces da "piedade" de Adélia que encontra na "vadiagem" de Hilda a força para se insurgir contra a sua própria "erudição", ou seja, contra a doutrina do seu mundo barroco. Daí porque ficaria trêmula (é ela quem afirma) se Deus lhe dissesse:

Vem pro Carmelo estudar Tomás de Aquino.

Que Tomás de Aquino que nada! A santa não quer saber dessa erudição. Endoidou? Não, descobriu no poema "A Cicatriz" que

---

16. *Deus, uma Biografia.*

Estão equivocados os teólogos
quando descrevem Deus em seus tratados.

Ao fazer essa descoberta, Adélia sente que não pode simplesmente conformar-se com aquela doutrina, a sua herança barroca. Ela precisa sabotar o sono dogmático da escolástica e abrir-se para respirar outros ares. Esse é o momento, no poema "A Serenata", de uma interrogação pungente:

De que modo vou abrir a janela, se não for doida?

Aqui está: Adélia é santa, já vimos isso, mas felizmente é doida. E quanto a Hilda, onde situar sua loucura? Pois bem, vimos como a "vadiagem" de Hilda contaminou a "piedade" de Adélia. Agora vamos ver o inverso, a "piedade" de Adélia contaminando a "vadiagem" de Hilda. Quando isso acontece? Quando Hilda também decide contestar a sua doutrina, a "erudição" "moderna". Contra o que mesmo Hilda se insurge? Contra um modelo de conhecimento que nos levou ao agnosticismo e à indiferença, como mostra essa passagem:

Se eu vivesse mil anos
Suportaria
Teu a ti procurar-se.
Te tomaria, meus Deus,
Tuas luzes. Teu contraste.

A coragem de invocar esse Deus que contrasta com as Luzes de onde vem a "doutrina" moderna, e assim insurgir-se contra ela, permite dizer que Hilda é louca, sim, mas que envereda pelo caminho da santidade, como Adélia.

Tu és, meu Deus,
A vida não desenhada
Da minha sede de céus.

Santas doidas ou doidas santas, o que importa é que Adélia e Hilda são apaixonadas e essa paixão as leva a desafiar o próprio Deus para se apossarem dele, mas preservando a condição de poeta. E quanto a isso, há em Adélia uma passagem, no poema "Direitos Humanos", de muito interesse para os que se ocupam das relações entre literatura e teologia. É o verso em que a poeta, reagindo à intromissão de Deus no seu poema, afirma:

– Mas esta letra é minha[17].

Assim, Adélia, como Moisés, põe Javé no seu devido lugar e a intromissão dele nos nossos escritos termina aí. Terminaria, não fosse ele o sabotador de que se fala no capítulo 3. De todo modo, esqueçamos aquela velha história de *ancilla*[18], a poesia não será nunca uma sacristã domesticável, assim como não será militante de nenhum partido. Não lhe peçam "mensagens". Adélia diz: "Esta letra é minha" e Hilda recusa qualquer constrangimento teológico: "Não te machuque a minha ausência, meu Deus".

Bem entendido, se for para curvar-se diante de "doutrinas" ou sustentar "equívocos" teológicos ou políticos não se pode contar com essas duas. Mas quais são mesmo os aspectos das "doutrinas" ou os "equívocos" contra os quais as duas se rebelam? No caso, o ponto central da discordância de Adélia e Hilda em relação a suas respectivas "doutrinas" está na questão do erotismo e na postura que essas "doutrinas" assumem diante do corpo.

Começando por Adélia, que é mais explícita a esse respeito, vamos ler o poema que se chama "Fotografia" e que fala do único retrato da mãe:

---

17. Cf. *Oráculos de Maio*, p. 73.
18. Como a filosofia foi na Idade Média.

[...] há um desejo de beleza no seu rosto
que uma doutrina dura fez contido.
A boca é conspícua,
Mas as orelhas se mostram.
O vestido é preto e fechado.
O temor de Deus circunda seu semblante,
como cadeia luminosa. Mas cadeia.
Seria um retrato triste
Se não visse em seus olhos um jardim.
Não daqui. Mas jardim.

Podemos aqui fazer uma aproximação entre o poema "Fotografia" e um quadro de Gautier chamado "Irmãs de Caridade", analisado por Baudelaire:

Tudo no quadro de Gautier contribui para o desenvolvimento do pensamento principal: as longas paredes brancas, as árvores corretamente alinhadas, a fachada simples até a pobreza, as atitudes decentes e sem vaidade feminina, toda a feminilidade reduzida à disciplina do soldado, com um rosto em que brilha tristemente a palidez rósea da virgindade consagrada...[19]

De que falam, afinal, o poema e o quadro? Da dominação e do controle que uma "doutrina dura" tenta, felizmente sem sucesso, exercer sobre as mulheres, transformando o seu rosto num "retrato triste". Lendo o poema, ficamos sabendo como essa "doutrina" sarcófoba[20] quer o corpo das mulheres: o vestido assim, a boca daquele jeito...As orelhas, estas podem estar bem à vista para ouvir a penitência imposta pelos confessores. Mas, pelo sim pelo não, devem ficar circundadas pelo temor de Deus. Com elas quem pode, porém? Foi Adão dormir, e Eva nascer[21]. "Doutrina

---

19. "Salão de 1859", em *Poesia e Prosa*.
20. Que tem fobia da carne, ao contrário de Deus, que se encarnou.
21. Guimarães Rosa, "Desenredo", no livro *Tutaméia*.

dura" – o poema acusa. Felizmente, e de maneira transgressora, o poema se abre para o desejo de beleza e para um jardim que os olhos – sempre eles – escondem em algum lugar.

Aqui é possível mostrar onde está a incompatibilidade entre Adélia e a "doutrina" e poderíamos resumir isso dizendo que Adélia não se inspira no temor mas no amor de Deus. E esse amor não é um amor platônico, como o que se vê nos tratados dos teólogos. Esse amor é real, é corpo e sangue, como se pode ler no poema "Um Jeito":

> Meu amor é assim, sem nenhum pudor.
> Quando aperta eu grito da janela
> – ouve quem estiver passando –
> ô fulano, vem depressa.

Mas vem apenas do corpo, esse amor? Não, Adélia passa longe desse materialismo rude que reduz o ser humano a uma única dimensão. Alguém poderia ser levado ao engano quando lê, no poema "Mulher Querendo Ser Boa", essa apóstrofe feroz: "Ó Deus, não me humilhe mais/ Com esta coceira no púbis". Mas se continuar percorrendo as páginas de *Poesia Reunida* poderá ler, em "Nem um Verso em Dezembro": "Minha alma quer copular".

Para fazer uma declaração desse tipo, Adélia tem de levar a sério a Encarnação confrontando, ao mesmo tempo, a "erudição" barroca e a "erudição" moderna. Esta recusa o amor da alma, pois o amor é só do corpo. Aquela, recusa o amor do corpo, pois o amor é só da alma. A poesia de Adélia une corpo e alma, e é assim que ela responde a Deus.

E Hilda, como responde? Primeiro ela se move dentro da tradição "erudição/vadia" que, como vimos, começa no ateísmo, passa pelo agnosticismo e termina na indiferença:

> Estou sozinha se penso que tu existes.
> Não tenho dados de ti, nem tenho tua vizinhança.
> E igualmente sozinha se tu não existes.
> De que me adiantam
> Poemas ou narrativas buscando
>
> Aquilo, que se não é, não existe
> Ou se existe, então se esconde

Se fosse para contar apenas com a racionalidade moderna, ela ficaria por aqui, na absoluta impossibilidade de pensar Deus. Mas a "piedade" de Adélia, como vimos, contamina a "vadiagem" de Hilda e leva sua poesia em outra direção:

> É neste mundo que te quero sentir
> É o único que eu sei. O que me resta.
> [...]
> Dirás que o humano desejo
> Não te percebe as fomes. Sim, meu Senhor,
> Te percebo. Mas deixa-me amar a ti, neste texto,
> Com os enlevos
> De uma mulher que só sabe o homem.

Hilda percebe "as fomes" de Deus mas como está imersa na "erudição" moderna só conhece a dimensão física do amor e então pede a Deus que a deixe amá-lo como uma mulher "que só sabe o homem". Todavia, a "erudição" barroca de Adélia, que contamina sua poesia, faz com que Hilda se perceba "atada a múltiplas cordas" e procure libertar-se da prisão racionalista. E então, embora não conheça Deus, ela diz:

> Vou caminhando tuas costas.
> Palmas feridas, vou contornando
> Pontas de gelo, luzes de espinho
> E degredo, tuas omoplatas.

Depois disso, ela se lança à procura:

Busco tua boca de veios
Adentro-me nas emboscadas.
Vazia te busco os meios.
Te fechas, teia de sombras
Meu Deus, te guardas.

Deus se esconde e Hilda, como Madalena, se desespera e escreve, na melhor tradição dos salmos de lamento individual:

A quem te procura, calas.
A mim que pergunto escondes
Tua casa e tuas estradas

Vai mais longe, formula uma queixa:

Depois trituras. Corpo de amantes
E amadas.

E buscas
A quem nunca te procura.

A partir daí, Hilda inicia um processo de retorno.

Poderia, meu Deus, me aproximar?
Tu, na montanha.
Eu no meu sonho de estar
No resíduo dos teus sonhos?

Como diria Maurice Blanchot, temos aqui o sagrado e a palavra reunidos na ponta extrema do desejo[22]. Se tivesse lido Isaías, no capítulo 54, Hilda teria encontrado esta resposta vertiginosa:

---

22. Em *A Conversa Infinita*.

Não temas porque não serás envergonhada, não te envergonhes porque não sofrerás humilhação. Porque o teu Criador é o teu marido.

E então, unindo corpo e alma, como Adélia, ela responde a Deus, aceitando a metáfora da reconciliação matrimonial:

Te amei sonâmbula
Esdrúxula, mas te amei inteira

A Resposta das Duas

"[...] e se lembrar de tantas outras passagens..." Seguindo a trilha aberta pelo Pseudo-Dionísio vimos como o "desejo amoroso" de Deus, que aparece nas páginas bíblicas e contamina os profetas, produziu o "efeito Madalena" nos teólogos e na literatura em geral. Produziu a teologia do *cor inquietum* de recorte agostiniano, os arrebatamentos místicos – o *muero porque no muero* de Teresa d'Ávila – a nostalgia de romancistas e poetas. Coisas do amor insatisfeito.

Acabamos de ver isso especialmente na poesia de Adélia Prado e Hilda Hilst. O que chama a atenção no confronto entre essas duas autoras é a inversão que se dá no processo de desenvolvimento de cada uma. Adélia Prado parte da "erudição" escolástica que valoriza a alma em detrimento do corpo. Sua poesia, porém, descobre o corpo como algo também sagrado. Hilda Hilst parte da "erudição" moderna na qual só conta o corpo e, aos poucos, vai descobrindo a sua dimensão espiritual, a alma. E é só quando unem corpo e alma que elas conseguem dar sua resposta a Deus. Depois disso, que tipo de conclusão podemos extrair dessa leitura sem o risco da *bêtise*?

Em termos sartrianos, podemos dizer que Deus é o amor necessário, enquanto os amores humanos são todos contingentes. Nisso estão de acordo os teólogos e os romancistas e poetas que citamos, o que mostra que o espaço literário é também um espaço teológico, lugar onde aparece a *famelica cogitatione*[23] de que fala Santo Agostinho. Nosso pensamento famélico, alimentado apenas pelas imagens das coisas visíveis, tem sede e fome do invisível, Deus. Este, por sua vez, ligou-se a nós, desde a Encarnação, por uma espécie de transfusão de sangue[24] e, literalmente, como nos diz Heschel, precisa de nós[25]. Precisa tanto que Silesius pôde dizer: "Sei que, sem mim, Deus não pode viver[26]".

Então, uma vez que estamos assim tão indissoluvelmente unidos, marcados por uma relação antropoteofágica, podemos terminar com a poesia de Hilda Hilst, que resume a resposta humana ao "desejo amoroso" de Javé:

> Abre teus olhos, meu Deus,
> Come de mim a tua fome[27].

Que teólogo charlatão não compreende esses versos e essa fome? Até Rimbaud, o *damné*, o maldito, no fundo do seu inferno, ele mesmo espera Deus *avec gourmandise*[28], uma verdadeira gula[29]. Por isso, lembrai-vos sempre do Pseudo-Dionísio que nos lembra...

---

23. Pensamento famélico, Livro IX das *Confissões*.
24. Graham Greene, *O Cônsul Honorário*.
25. A. J. Heschel, *Deus em Busca do Homem*.
26. Cf. *O Peregrino Querubínico*.
27. Antonin Artaud em *O Teatro e seu Duplo*: "Se todos queremos comer, é preciso não desperdiçar nessa preocupação nossa força de ter fome".
28. *Une saison en enfer*.
29. Em *O Declínio da Idade Média*, Johan Huizinga cita um livro medieval, *O Espelho da Salvação Eterna*, de João de Ruysbroeck, no qual a metáfora se inverte e Cristo é o glutão.

VII
Aquela Mulher de Sevilha[1]

> *Outras coisas que estou vendo*
> *é necessário que eu diga.*
>
> JOÃO CABRAL DE MELO NETO

Para que me conheçam melhor Vossas Senhorias e possam seguir[2] as peripécias desse texto, ele retoma o percurso que segui ao escrever *A Bailadora Andaluza*[3] e serve como um pequeno roteiro da leitura que faço da poesia de João Cabral de Melo Neto. É um texto, portanto, dedicado a esse grande poeta da modernidade, não à sua pessoa, mas à obra que, no entanto, não existiria sem ele, outra vítima do nosso sabotador.

Para começar, logo no início de *A Bailadora*, no primeiro parágrafo do primeiro capítulo, está dito que João Cabral não é só um artista, mas um teólogo inconfessável. Neste texto vou mais

---

1. Inicialmente publicado em *Aragem do Sagrado, Deus na Literatura Brasileira Contemporânea*, Editora Loyola, São Paulo, 2011, o texto que aqui se apresenta sofreu algumas alterações inclusive no título.
2. Parafraseando o retirante quando se apresenta ao leitor em *Morte e Vida Severina*.
3. *A Bailadora Andaluza: A Explosão do Sagrado na Poesia de João Cabral*, Ateliê Editorial/Fapesp, 1996.

além, fazendo um adendo ao que já havia dito: João Cabral, não é só um teólogo inconfessável, é também um místico sem Deus. Sem Deus? Como poeta, João Cabral vive a mesma tensão da linguagem que os místicos experimentam.

Convenhamos, porém, que não se pode afirmar que João Cabral é um teólogo inconfessável e um místico sem Deus e se esgueirar na ponta dos pés, sair olhando para o outro lado como se não houvesse dito nada. Todos sabemos que uma afirmação desse tipo contradiz a visão estereotipada que a crítica sempre teve em relação à obra do poeta[4].

Por que teólogo inconfessável? E, mais ainda, por que místico sem Deus? Para mostrar como e por que chamei João Cabral de teólogo vou primeiro reconstituir o percurso que segui e depois darei as razões que me levam hoje a acrescentar que ele é também um místico sem Deus.

Nesse percurso, seremos acompanhados pelo rio Capibaribe, que também acompanhou Cabral, e que nos diz, sem nenhuma modéstia, que um rio é o companheiro melhor para a viagem:

> Sou viajante calado,
> para ouvir histórias bom,
> a quem podeis falar
> sem que eu tente me interpor;
> junto de quem podeis
> pensar alto, falar só.
> Sempre em qualquer viagem
> o rio é o companheiro melhor[5]

---

4. É a razão pela qual a poeta e crítica Susana Vernieri, depois de alinhar as visões consagradas da obra do poeta, escreve em *O Capibaribe de João Cabral*, São Paulo, Annablume, 1999, p. 31: "E há quem procure nadar contra toda essa corrente. Um deles é Waldecy Tenório que, em 1996, arrisca-se a analisar a explosão do sagrado na poesia de João Cabral e acaba nominando o poeta de teólogo inconfessável".

5. "O Rio ou Relação da Viagem que Faz o Capibaribe de Suas Nascentes à Cidade do Recife", em *Obra Completa*, p. 119.

Então vamos indo: proseando, inventando, cismando, misturando nossas histórias com as histórias desse rio, o mais belo rio da minha aldeia. Rio calmo, não exige pressa, é andar ou ler devagar, no remanso dessas águas. E podemos entrar nelas duas, três, quantas vezes desejarmos porque, com o calor que faz por essas plagas, ninguém se preocupa muito com Heráclito, o Obscuro[6]. Então, chapéu para o sol inclemente, mãos no bolso, partamos.

No começo dessa história, quando escrevi *A Bailadora Andaluza*[7], tive de me cercar de alguns recursos teóricos que garantissem a leitura que desejava fazer. O que pretendia então era mostrar que a poesia de João Cabral, apesar de ser ele confessadamente ateu, estava contaminada pela teologia, soubesse ele disso ou não. Já se vê que uma leitura desse tipo comporta um certo escândalo, ainda mais tratando-se de um João Cabral que, como ele mesmo diz, em "Autobiografia de um Só Dia", nasceu blasfemando[8]:

> Parido no quarto-dos-santos,
> sem querer, nasci blasfemando,
> pois são blasfêmias sangue e grito
> em meio à freirice dos lírios.

Segundo os cânones vigentes na época, toda leitura de uma obra literária deveria ser intrínseca, devíamos olhar para as entranhas do texto e não nos preocuparmos com o conteúdo, como então se dizia, mas apenas com a forma, o esqueleto, como se a leitura fosse uma necrópsia. Era como um dogma da crítica literária da época. Foi nesse momento que Alfredo Bosi, com

---

6. O filósofo grego segundo o qual não nos banhamos duas vezes no mesmo rio.
7. Que nasceu como tese de doutorado na USP.
8. *Obra Completa*, p. 439.

muita perspicácia, viu a poesia reprimida, enxotada, avulsa de qualquer contexto, fechada em um autismo altivo; ela só pensa em si, disse Bosi, e fala dos seus códigos mais secretos e expõe a nu o esqueleto a que a reduziram; enlouquecida, faz de Narciso o último deus"[9].

Era então necessário enfrentar os estruturalismos de estrita observância que predominavam nos estudos literários, a partir, prioritariamente, das ideias apresentadas pelos formalistas russos, os grandes gurus da época. Vi-me, pois, na necessidade de trazer para o debate autores que amparassem minha leitura e, com esse propósito, tive de buscar aliados entre os próprios formalistas mostrando que, em muitos casos, eles eram vítimas de leituras apressadas.

É o caso, por exemplo, de Jan Mukarovsky quando diz, com razão, que o valor estético não é uma espuma, ao contrário, é um valor fundamental para se definir e apreciar uma obra de arte. Mas se o valor estético é indispensável à obra poética como manifestação artística, acrescenta Mukarovsky, a obra possui também outros valores: existenciais, intelectuais, éticos, sociais, religiosos. E o mais importante, segundo a visão desse autor, é que "a obra pode ser concebida e julgada do ponto de vista de qualquer dos valores nela contidos"[10] Então, era legítima a preocupação com o elemento teológico latejando no fundo do texto, embora certas leituras fingissem ignorar a complexidade do pensamento de Mukarovsky.

Quase vinte anos depois da publicação de *A Bailadora Andaluza*, que mereceu um prefácio generoso de João Alexandre Barbosa, sinto que o caminho por onde enveredou minha com-

---

9. Alfredo Bosi, *O Ser e o Tempo da Poesia*, São Paulo, Cultrix/Edusp, 1977, p. 143.
10. Jan Mukarovsky, *Escritos sobre Estética e Semiótica da Arte*, Lisboa, Estampa, 1981, pp. 128, 169, 170.

preensão de João Cabral não foi um completo disparate. E essa percepção se confirma agora pelo testemunho de ninguém menos que Tzvetan Todorov. O Todorov de *Estruturalismo e Poética*, que líamos então para justificar o caráter intrínseco da leitura literária, vem agora nos dizer que aderiu ao estruturalismo como estratégia para escapar ao controle das autoridades comunistas do seu país e que a literatura é importante pelo que pode dizer sobre o mundo, sobre os homens[11] e sobre a angústia metafísica que os atormenta. Com isso, Todorov amplia o horizonte de leitura de uma obra literária.

Compreende-se assim porque incluo na apresentação de *A Bailadora Andaluza*[12] uma anotação que fiz depois de ler George Steiner[13]:

> Em *Practical Criticism*, I. A. Richards afirma que o problema da crença ou da descrença não se apresenta quando estamos lendo bem. Quando ele se apresenta, por culpa nossa ou do poeta, é porque já não estamos lendo bem e nos teremos transformado em teólogos ou astrônomos. – Não, teremos nos transformado em homens.

E compreende-se também porque coloquei como epígrafe do livro a intervenção das ciganas em "Morte e Vida Severina"[14]:

> Atenção, peço, senhores
> também para minha leitura:
> também venho dos Egitos
> vou completar a figura.
> Outras coisas que estou vendo
> é necessário que eu diga.

---

11. Tveztan Todorov, *A Literatura em Perigo*, São Paulo, Difel, 2009.
12. Em "Antes de Começar a Leitura".
13. George Steiner, *Lenguaje y Silencio*, Barcelona, Gedisa, 1982, p. 100.
14. A intervenção da cigana está na *Obra Completa*, p. 199.

Como também venho dos "Egitos", da formação literária e da mesma região das ciganas, dei-me o direito de dizer, com a mesma urgência, outras coisas que vejo na poesia de João Cabral e que a crítica, de modo quase unânime, finge ou insiste em não ver. Fiz isso a partir dos autores nos quais me apoiei, o próprio Mukarovsky e aqueles agrupados em torno do que já se chamou de "crítica da consciência": Poulet, Starobinski, Bachelard, e tantos outros que chamo em meu socorro e me dão amparo. Hoje, teria mais munição, ou, como diria João Cabral, melhor foice e melhor razão para a briga[15], como, por exemplo, esse conceito de teopoética com o qual Karl-Josef Kuschel aproxima a teologia da literatura[16].

Tese: A Sombra da Lua

Para o roteiro ficar mais claro, usarei a partir de agora os três elementos da dialética hegeliana – tese, antítese e síntese – como balizas do percurso que pretendo seguir. Quando João Cabral começa a escrever – seu primeiro livro, *Pedra do Sono*, é de 1942 – um transfundo positivista perpassa toda a cultura da época. Mas o movimento das ideias não acontece linearmente, uma suplantando a outra, abrindo caminho para uma progressão contínua. Há sempre um lance de dados, sinuosidades, desvios, caminhos que se cruzam e se bifurcam. E não é que nesse cenário positivista, no qual, como adverte Prado Coelho[17], a afetividade só é concebida como irracionalidade e a imaginação

---

15. Cf. o poema "Duelo à Pernambucana", *Obra Completa*, p. 419.
16. Em meu livro, refiro-me à teopoética a partir da reflexão de Hervey Cox. Hoje, contaria com o conceito elaborado em K.-J. Kuschel, *Os Escritores e as Escrituras*, São Paulo, Loyola, 1985.
17. Cf. E. Prado Coelho, *Os Universos da Crítica: Paradigmas nos Estudos Literários*, Lisboa, 1982, p. 213.

como desvario, vai emergir o ideário surrealista, justamente o contrário daquele!

Se o romantismo, esse momento no qual todos vivemos à sombra da lua, representa a revolta do indivíduo contra os constrangimentos do ideário cientificista, o surrealismo, em pleno século XX, vai mais longe e acrescenta à revolta romântica uma mística e a sede do Absoluto. É nesse ponto de intersecção entre os dois movimentos que João Cabral surge para a literatura, em meio a duas vertentes poéticas contraditórias: a racionalista e a surrealista.

O primeiro elemento da dialética hegeliana, ou seja, a tese, está muito bem representado em *Pedra do Sono*, livro no qual prevalecem as sombras, a poética noturna de João Cabral, uma atmosfera lunática, de sonho e esquecimento, como podemos ler nos poemas que cito a seguir. Em "Janelas:"

> Há um homem sonhando
> numa praia; um outro
> que nunca sabe as datas;
> há um homem fugindo[18]

Essa mesma atmosfera aparece em "Marinha", com sua sonolência e indefinição:

> Os homens e as mulheres
> adormecidos na praia
> que nuvens procuram
> agarrar?[19]

Em outro poema, "Infância", temos outra vez o esquecimento e perguntas que ficam no ar, irrespondidas:

---

18. Cf. *Obra Completa*, p. 50.
19. *Idem*, p. 48.

Sobre o lado ímpar da memória
o anjo da guarda esqueceu
perguntas que não se respondem[20].

Nesse mesmo livro, no poema "Miss", aparecem os temas da fuga e do sobrenatural:

a Miss fugia da luz com seus poemas,
seus pássaros
e suas reportagens sobrenaturais[21].

A atmosfera de *Pedra do Sono* deriva sempre para um mundo obscuro sobre o qual a consciência não tem nenhum controle, como se pode ler em "Poesia":

Ó jardins enfurecidos,
pensamentos, palavras, sortilégio
sob uma lua contemplada[22].

Ou nesse outro intitulado "A André Masson", que diz:

Com peixes e cavalos sonâmbulos
pintas a obscura metafísica
do limbo[23].

Se é verdade que a noite dissolve os homens, como escreveu Carlos Drummond de Andrade em *Sentimento do Mundo*, dois anos antes da estreia de João Cabral[24], na atmosfera de "obscura metafísica" de *Pedra do Sono*, o dissolver-se da consciência é tão

---

20. *Idem*, p. 46.
21. *Idem*, p. 51.
22. *Idem, ibidem*.
23. *Idem*, p. 54.
24. Carlos Drummond de Andrade, *Obra Completa*, Rio de Janeiro, Aguilar, 1967, p. 112.

forte que Lauro Escorel pode perceber nesse livro "um predomínio do pensamento pré-lógico"[25].

A propósito disso, convém recuperar um ensaio importante do próprio João Cabral, "Considerações sobre o Poeta Dormindo", no qual ele começa a suspeitar das relações entre o sono e a poesia em razão de acontecimentos "nos quais não podemos intervir, diante dos quais somos invariavelmente o preso, o condenado, o perseguido"[26].

Neste ensaio, João Cabral se aproxima de Paul Valéry ao denunciar as "dificuldades que existem em se falar de um assunto em que é tão considerável a parte do vago". Em suma, o poeta deplora o papel menor que a consciência desempenha na poesia que vem produzindo. Olhando para trás, sentimos mesmo o seu desgosto, de maneira premonitória, já no primeiro poema de *Pedra do Sono*:

> Há vinte anos não digo a palavra
> Que sempre espero de mim[27].

A angústia transparece no desespero com que o poeta procura um novo caminho ao terminar o poema "Poesia", cuja primeira parte lemos atrás, com uma interrogação muito forte:

> ó jardins de um céu
> viciosamente frequentado:
> onde o mistério maior
> do sol da luz da saúde?[28]

---

25. Lauro Escorel, *A Pedra e o Rio*, São Paulo, Duas Cidades, p. 45.
26. Cf. *Obra Completa*, p. 685.
27. *Idem*, p. 43.
28. *Idem*, p. 51.

Definitivamente, ele começa a recusar aquela atmosfera de sonho, sono, esquecimento, sombra, coisas vagas, visões noturnas de um céu "viciosamente frequentado" e, em contrapartida, procura cada vez mais o "sol da luz da saúde". As sombras são piratas metafísicos[29] e por isso o poeta não quer mais *apanhar os peixes da lua para a fome das amadas* e lhes dará agora

> O lápis, o esquadro, o papel,
> o desenho, o projeto, o número[30]

coisas que apontam para o mundo diferente representado num poema significativamente chamado "O Engenheiro"[31], de um livro que tem o mesmo nome e publicado logo depois de *A Pedra do Sono*. Com isso, estamos passando da tese à antítese, pensando ainda nos termos da dialética hegeliana.

Antítese: A Celebração do Sol

Está decidido: de agora em diante nada de metafísica do limbo. O poeta dirá adeus à sombra, ao noturno, ao vago, ao céu viciosamente frequentado, ao mundo da não-consciência, como vimos na primeira parte de sua poesia e, não demora muito, vamos encontrá-lo cartesiano, iluminista e "bêbado da luz do Recife", como Frei Caneca no "Auto do Frade"[32].

A antítese é a nova proposta que a poesia de João Cabral nos apresenta: será agora uma celebração da luz, do sol, da claridade, e será também uma espécie de gramática e geometria de Beira Mar e Sertão. O espaço no qual ele agora se move não é mais o

---

29. Cf. Roberto Casati, *A Descoberta da Sombra*.
30. *Idem*, p. 47.
31. *Idem*, p. 69.
32. Poema em homenagem a Frei Caneca. Cf. *Obra Completa*, p. 463.

espaço noturno, de coisas que não se controlam, mas o espaço diurno, claro, o espaço dos geômetras e, como ele mesmo dirá no poema "Fábula de Anfion", do livro *Psicologia da Composição*[33], "Ali, nada sobrou da noite"[34].

No rastro de Frei Caneca, cujo pensamento foi o ponto de partida das revoluções libertárias que marcaram a história do Recife, a poesia de João Cabral entra agora numa segunda fase, a fase da utopia iluminista.

> Mas o sol me deu a ideia
> de um mundo claro algum dia[35]

Nesse momento, a linguagem do poeta é de tal maneira impregnada pela utopia iluminista que ele escreve um poema ao qual dá o título de "A Cana e o Século Dezoito"[36]. Seu entusiasmo pelo sol é tão grande que a cana, mais tarde apontada como responsável pelos reinos do amarelo[37] e outros negativos sociológicos, agora é vista de maneira positiva:

> A cana é pura enciclopedista
> no geométrico, no ser-de-dia,
> na incapacidade de dar sombras,
> mal-assombrados, coisas medonhas.

O poeta se vê então livre dos mal-assombrados e das coisas medonhas que povoavam o universo da primeira fase de sua produção poética e adere completamente ao racionalismo mais puro. Sobre isso, ele mesmo dirá com todas as letras: "[...] a grande in-

---

33. O título do livro parece sugerir que o poeta está "reaprendendo" a escrever.
34. Cf. *Obra Completa*, p. 87.
35. *Idem*, p. 465.
36. *Idem*, p. 445.
37. *Idem*, p. 356.

fluência de minha vida foi Le Corbusier e o Valéry depois"[38] e é claro que esses dois nomes dizem tudo.

A arquitetura de Le Corbusier é profundamente influenciada pela razão áurea, ou seja, a proporção matemática que ele descobre nos monumentos gregos. Sua concepção de casa como *machine à habiter* (máquina de morar) é um indício da filiação do arquiteto ao mundo da racionalidade tecnocientífica que o positivismo nos trouxe.

A prova definitiva dessa influência de Le Corbusier sobre João Cabral está na epígrafe de *O Engenheiro*, extraída das concepções do arquiteto francês: *machine à émouvoir*. Sobre isso, Benedito Nunes afirma, com razão, que

[...] o autor (João Cabral) atribui a esse fazer poético a natureza de um ato de construção. Pois a feitura do poema, que se qualifica de "máquina de comover", obedecerá analogamente à mesma razão construtiva e geométrica que gera o projeto técnico de uma máquina e a planta de um edifício...[39]

E quanto a Valéry? Fascinado pelo *hostinato rigore* de Da Vinci, esse poeta francês é um caçador de exatidão. Quando escreve que o poema deve ser uma festa do intelecto, contra os surrealistas, para os quais, ao contrário, o poema deve ser a derrota do intelecto, Valéry está dando a mão a Le Corbusier e reafirmando a concepção intelectualista e tecnicista que será a referência da modernidade.

O crítico inglês J. B. Priestley[40] vai direto à questão ao dizer que quando poetas e críticos rondam em torno de um poema, examinando sua estrutura, como engenheiros vistoriando uma

---

38. Em entrevista a Mário César Carvalho publicada na *Folha de S. Paulo* em maio de 1988.
39. Cf. Benedito Nunes, *João Cabral de Melo Neto*, Petrópolis, Vozes, 1971, p. 41.
40. J. B. Priestley, *A Literatura e o Homem Ocidental*, Rio de Janeiro, Livraria Acadêmica, 1968, p. 348.

ponte, estão agindo sob a influência de Valéry. Ou seja, sob a influência daquilo que João Cabral procura nessa segunda fase de sua poesia: o que é claro, exato, racional. Esse será, portanto, o caminho que nosso poeta vai seguir. Mesmo porque

> O sol em Pernambuco leva dois sóis,
> sol de dois canos, de tiro repetido[41].

Tudo bem. Só que o feitiço às vezes vira contra o feiticeiro:

> O Iluminismo, no sentido mais amplo do pensamento em contínuo progresso, sempre teve por alvo tolher o medo aos homens e torná-los senhores. Porém, hoje, toda a terra inteiramente iluminada brilha sob a luz de uma terrível desventura[42].

Que desventura o sol de Pernambuco terá mostrado ao nosso poeta? Lendo-se a obra de João Cabral não necessariamente numa ordem cronológica mas segundo uma certa coerência temática tem-se a impressão de que, a partir de determinado momento, ele é tomado pela dúvida. Não mais a dúvida cartesiana, a dúvida agônica de Pascal. É quando percebe a falência do modelo de conhecimento sem afeto proposto pela tecnociência na qual havia apostado todas as fichas, junto com Le Corbusier e Valéry. É quando percebe o racionalismo como o lugar

> Onde engenheiros, armados
> com abençoados projetos,
> lograram edificar
> todo um deserto modelo[43].

---

41. Cf. "A Educação pela Pedra", em *Obra Completa*, p. 338.
42. A frase é de *Conceito de Iluminismo*, mas utilizo a tradução de Olgária Matos em *O Iluminismo Visionário*, São Paulo, Brasiliense, 1993, p. 49.
43. Cf. Medinaceli, em *Obra Completa*, p. 148.

E é interessante constatar que a desconfiança e o desgosto em relação a esse modelo de conhecimento já estavam premonitoriamente anunciados em seu primeiro livro, quando escreveu que

> O esquadro disfarça o eclipse
> que os homens não querem ver[44].

A partir desse momento, a racionalidade imperfeita do Iluminismo, de que fala Olgária Matos, só lhe traz melancolia[45] e nosso poeta começa a fazer a crítica do sol como "machado cego, rombudo":

> Quando opera a paisagem
> opera a machadadas,
> e com algum machado cego,
> rombudo, de pedra lascada[46].

O que o poema mostra é a completa inadequação desse modelo cognitivo que provocou o grande eclipse da modernidade refletido no eclipse de Deus e do homem e na desventura social. E o que é mais grave na inadequação desse sol machado cego e rombudo é a duvidosa postura ética embutida no modelo:

> Uma lucidez que tudo via
> como se à luz, ou se de dia;
> ....
> porém luz de uma tal lucidez
> que mente que tudo podeis[47].

Diante da mentira que o poeta constata nas promessas do racionalismo tecnológico, sua indignação explode num verso

---

44. Homenagem a Picasso, em *Obra Completa*, p. 53.
45. Olgária Matos, *O Iluminismo Visionário*, p. 36.
46. "Viagem ao Sahel", em *Obra Completa*, p. 389.
47. *Obra Completa*, p. 371.

justamente famoso: "Dá-se que hoje dói na vida tanta luz"[48]. A partir desse momento a poesia de João Cabral impressiona pela grandeza ética de que se reveste. Alfredo Bosi chama de "salto participante"[49] esse momento que é um dos mais fortes da literatura universal, quando o poeta recusa o racionalismo tecnicista e descobre, mais do que a lógica, a dialógica do humano. Não poderei apresentar tudo mas extraio da obra algumas passagens inesquecíveis.

Caberia aqui um breve excurso sobre a rebeldia natural da literatura e podemos começá-lo lembrando o que diz Lênin de Tolstoi: jamais se havia descrito tão profundamente o mujique antes de aparecer este conde[50]. Jamais também se descreveu tão profundamente o cassaco de engenho antes que aparecesse este filho-engenho.

É uma longa história, herança do avô João de Melo, e de uma tia, que alimentavam secreta simpatia pelo bando de Lampião[51]:

Meu avô, varanda do Poço,
passeia calmo seu almoço.
No revezo, em frente da casa,
para uma burra ajaezada:
Falo ao seu Doutor João de Melo?
Muito prazer em conhecê-lo.
Conheço sua irmã, Dona Bela,
que lhe lembra lembranças dela.

João de Melo percebe que o visitante quer dizer alguma coisa, mas não diz:

---

48. "O Sol em Pernambuco", em *Obra Completa*, p. 357. Quando esse poema foi publicado pela primeira vez, o revisor, muito lógico, fez uma correção. Substituiu "vida" por "vista". João Cabral teve de brigar muito contra a lógica do revisor.
49. Alfredo Bosi, *História Concisa da Literatura Brasileira*, 3ª ed., São Paulo, Cultrix, 1990, p. 523.
50. Ernesto Sabato, *O Escritor e seus Fantasmas*, Rio de Janeiro, Francisco Alves, 1982, p. 79.
51. Cf. Antonio Silvino no engenho Poço, em *Obra Completa*, p. 617.

> Se sente sua hesitação
> planando no ar, como gavião.
> Enfim, toca burra s'embora:
> "É esse o caminho para a Glória?"

Pela leitura do jornal, João de Melo fica sabendo depois o que aconteceu:

> O *Diário*, à noite no Engenho,
> Contara que um novo sargento,
> O bando inteiro dispersou;
> Silvino em fuga viaja só.

O que procurava Antonio Silvino no Engenho do poço, lugar para se esconder?

> Viria à procura de um coito
> nas capoeiras fundas do Poço?
> Mas o que o terá impedido
> De me fazer qualquer pedido?

No fim do poema ficamos conhecendo a posição do avô a respeito da luta que punha em lados opostos Lampião e a classe dominante do Nordeste:

> De gosto o haveria atendido.
> Ele não é um simples bandido.
> E repugna-me sabê-lo caça
> da polícia que não o faz de graça.

Elucidativo a esse respeito é o poema "Descoberta da Literatura"[52] no qual fica bem clara a influência do avô sobre o neto assim como a rebeldia natural da literatura.

---

52. *Obra Completa*, p. 447.

> No dia a dia do engenho,
> toda semana, durante,
> cochichavam-me em segredo:
> saiu um novo romance[53].
> E da feira do domingo
> me traziam conspirantes
> para que os lesse e explicasse
> um romance de barbante.

Imaginemos a cena: os trabalhadores e o filho do dono do engenho conspirando contra a velha hierarquia do Nordeste. Por quem fala nosso poeta, afinal?

> Falo somente por quem falo:
> por quem existe nesses climas
> condicionados pelo sol,
> pelo gavião e outras rapinas[54].

Depois da crítica de Jauss[55], o leitor é sempre convidado a participar do texto e a fazer suas escolhas. Não cabe, pois, dizer-lhe: leia isso ou leia aquilo. Mas há textos que não podemos esquecer. "O Cão sem Plumas"[56], por exemplo.

> Aquele rio
> está na memória
> como um cão vivo
> dentro de uma sala.

O rio sabe também da paisagem e do homem:

---

53. Folheto de cordel.
54. Cf. Graciliano Ramos, em *Obra Completa*, p. 311.
55. Estou me referindo à estética da recepção, corrente crítica na qual o leitor desempenha papel ativo na leitura.
56. *Obra Completa*, p. 103.

aqueles homens
são como cães sem plumas
(um cão sem plumas
é mais
que um cão saqueado;
é mais
que um cão assassinado

O homem, o rio e a lama se misturam e daí a indignação do poeta:

Aquele rio
saltou alegre em alguma parte?
Foi canção ou fonte
em alguma parte?
Por que então seus olhos
vinham pintados de azul
nos mapas?

É muito rico esse momento da poesia de João Cabral e há muito que ler. Por exemplo, "Congresso no Polígono das Secas" ou então "Festa na Casa-Grande"[57] onde ele traça o perfil cassaco (trabalhador) de engenho ou de usina:

O cassaco de engenho
vai amarelamente
entre todo esse azul
que é Pernambuco sempre.

O leitor aproveitará muito se prestar atenção ao perfil do cassaco que o poema vai construindo:

O cassaco de engenho
de longe é como gente:

---

57. *Obra Completa*, p. 279.

De perto é o que se vê
o que há de diferente.

São muitos os poemas nos quais João Cabral vai traçando a geografia da fome[58] e da miséria. Outro exemplo, "Paisagem com Cupim"[59]:

> Certas cidades de entre a cana
> (Escada, Jaboatão, Goiana)
> Procuraram se armar com aço
> Contra a vocação de bagaço.

Podemos ler ainda poemas como "Os Reinos do Amarelo" e tantos ainda nos quais o poeta vai conduzindo nossa visão para uma palavra que resume toda a estrutura social do Nordeste brasileiro[60]: Que palavra é essa?

> Cícero Dias quando foi
> de Pernambuco para o Rio,
> anti(e)educado, sem prever
> que o seria, itamaratício,
> traçou na parede do hotel,
> de onde a porta dava, uma seta,
> que pela mão levava a vista
> da visita à palavra MERDA.

Exatamente a palavra que define a situação social que se vai explicitar em "Morte e Vida Severina". Acompanhemos Severino pela ladainha das vilas que vai passar, da serra da Costela, no limite da Paraíba, até o Recife.

---

58. Para lembrar Josué de Castro.
59. *Obra Completa*, p. 235.
60. "Imitação de Cícero Dias", em *Obra Completa*, p. 433.

> Antes de sair de casa
> aprendi a ladainha
> das vilas que vou passar
> na minha longa descida.

Uma *via crucis* feita de tantos sofrimentos. O encontro com os homens que levam um defunto numa rede, a mulher que vive de ajudar a morte, o enterro do trabalhador, o que os amigos dizem da cova em que jaz o corpo:

> É de bom tamanho,
> nem largo nem fundo,
> é a parte que te cabe
> deste latifúndio.

Severino deixa o Agreste, chega à Zona da Mata, finalmente ao Recife, onde encontra seu José, mestre carpina, morador dos mocambos que ficam no mangue. Sua consciência vai se abrindo e, acossado por tanta miséria, Severino quer se jogar do alto da ponte e encerrar de vez sua jornada. Mas é então que presencia o nascimento de uma criança e o que acontece naquele mocambo muda toda a sua visão do mundo e da vida:

> Severino, retirante,
> deixe agora que lhe diga:
> eu não sei bem a resposta
> da pergunta que fazia
> ....
>
> E não há melhor resposta
> que o espetáculo da vida:
> ....
> vê-la brotar como há pouco
> em nova vida explodida;
> mesmo quando é assim pequena
> a explosão, como a ocorrida;

mesmo quando é uma explosão
como a de há pouco, franzina;
mesmo quando é a explosão
de uma vida severina.

A partir do momento em que ele se torna cúmplice dos cassacos, dos severinos, dos cães sem plumas, e denuncia a estrutura social do Nordeste resumida na palavra MERDA, o que acontece?

nova espécie de sol
eu, sem querer, descobria:
não a claridade imóvel
da praia ao meio-dia,
de aérea arquitetura
ou de pura poesia:
mas o oculto calor
que as coisas todas cria[61].

Atingimos aqui um ponto alto da leitura que estamos fazendo da obra do poeta. Não se trata mais do sol que engendra a "poesia pura" do racionalismo intelectualista, mas de um sol que possui "o oculto calor que as coisas todas cria". Que "oculto calor" é esse? Descobrimos a significação disso lendo o mais importante crítico da obra de João Cabral: se alguma vez teve, ele não tem mais ilusões positivistas e não cairá, portanto, no solipsismo de uma linguagem apenas introspectiva[62].

Síntese: a Dança da Sevilhana

Estamos prontos agora para entender a perspectiva completamente diferente que se abre na poesia de João Cabral. Comece-

---

61. "Poema", em *Obra Completa*, p. 414.
62. João Alexandre Barbosa, *A Imitação da Forma*, São Paulo, Duas Cidades, 1975, p. 12.

mos pelo poema "O Ovo de Galinha"[63] do qual, por ser extenso, transcrevo apenas algumas partes. O que tem o ovo, diferente de uma pedra, que o torna "suspeitoso"?

> Que seu peso não é o das pedras,
> inanimado, frio, goro;
> que o seu é um peso morno, túmido,
> um peso que é vivo e não morto.

É então a vida suspeita para a ordem positivista? E o que parece ser ainda mais suspeito a essa ordem é que o ovo, signo por demais arcaico da natureza[64],

> não se situa no final:
> está no ponto de partida.

A reflexão do poeta vai se deslocando para o existencial, para a origem e o sentido da vida, para a possibilidade mesma da transcendência. Por essa razão, ele não hesita em dizer que:

> Na manipulação de um ovo
> um ritual sempre se observa:
> há um jeito recolhido e meio
> religioso em quem o leva.

Parece uma oração. Mas esse ateu reza? Quem lê o poema vai sentindo a transformação por que passa o poeta, ainda mais que, numa de suas estrofes, ele percebe o ovo como algo misterioso

> cujas formas simples são obra
> de mil inacabáveis lixas
> usadas por mãos escultoras
> escondidas na água, na brisa.

---

63. *Obra Completa*, p. 302.
64. Horkheimer e Adorno, "Conceito de Iluminismo", em *Pensamentos*, São Paulo, Abril, 1987.

Por isso, quem carrega um ovo

procede ainda de maneira
entre medrosa e circunspecta,
quase beata, de quem tem
nas mãos a chama de uma vela.

De quem são as mãos escondidas na água e na brisa? Quem tem alguma familiaridade com a obra de João Cabral pode fazer logo uma ligação direta com um poema chamado "Menino de Engenho"[65]:

e uma cicatriz, que não guardo,
soube dentro de mim guardar-se.

A cicatriz que o poeta não guarda é a religiosidade perdida e agora recuperada como um retorno, a reabertura de uma ferida, a reativação de um vestígio adormecido[66]. Eis que "as mãos escondidas na água e na brisa" reaparecem nos textos que estamos lendo, sobretudo nesse poema maravilhoso, "Estudos para uma Bailadora Andaluza"[67] de onde roubei, réu confesso, o título do meu livro.

É preciso prestar atenção a essa parte do poema na qual a bailadora se comunica com alguém:

Quando está taconeando
a cabeça, atenta, inclina,
como se buscasse ouvir
alguma voz indistinta.

A bailadora se concentra para não perder a mensagem:

---

65. *Obra Completa*, p. 417.
66. Estou citando o belo ensaio "O Vestígio do Vestígio" de Gianni Vattimo.
67. *Obra Completa*, p. 219.

Há nessa atenção curvada
muito de telegrafista,
atento para não perder
a mensagem transmitida.

Num primeiro momento, ela duvida:

Mas o que faz duvidar
possa ser telegrafia
aquelas respostas que
suas pernas pronunciam
é que a mensagem de quem
lá do outro lado da linha
ela responde tão séria
nos passa despercebida.

Num segundo momento, a bailadora quer saber de onde vem a mensagem: do fundo do tablado ou do fundo de sua vida?

Mas depois já não há dúvida:
é mesmo telegrafia
mesmo que não se perceba
a mensagem recebida,
se vem de um ponto no fundo
do tablado ou de sua vida,
se a linguagem do diálogo
é em código ou ostensiva,
já não cabe duvidar.

A dança dessa mulher de Sevilha aproxima literatura e teologia, o visível e o invisível e, se ela não sabe ao certo de onde vem a mensagem, sabe que "já não cabe duvidar". João Cabral chega a esse ponto depois de um percurso no qual finalmente descobre que "somos todos severinos", ou seja, somos todos irmãos, e que devemos estar juntos pela simples razão de que um galo sozinho não tece uma manhã[68].

> Ele precisará sempre de outros galos.
> De um que apanhe esse grito que ele
> e o lance a outro; de um outro galo
> que apanhe o grito que um galo antes.

A descoberta dessa fraternidade não implica também a descoberta de um Pai comum? Então, foi simplesmente por isso que chamei João Cabral de teólogo. Não porque ele tenha se submetido a dogmas, professe qualquer doutrina ou tenha aderido a qualquer instituição religiosa, mas por uma razão melhor: porque, longe da "freirice de lírios", ele teve a sensibilidade do sagrado[69] presente na vida dos severinos e, como ateu potencial[70], compreendeu a teologia de Karl Rahner, para quem a vida, com seu valor sacramental, é e será sempre paixão incompreensível[71].

Em outras palavras, a religiosidade que encontro em João Cabral não se refere a ritos, símbolos, confissões de fé, mas a experiências nas quais há sempre a possibilidade de uma epifania. E nesse sentido, a poesia desse ateu, reverberando aquela *prisca theologia* que está no transfundo de todas as culturas, é uma discreta forma de revelação.

É verdade que de Deus mesmo há apenas algumas pegadas, alguns sinais e algumas pistas que sempre se perdem. Mas no distanciamento entre a pista que se perde e o Deus ao qual ela

---

68. Cf. "Tecendo a Manhã", em *Obra Completa*, p. 345.
69. Roger Caillois, *L'Homme et le Sacré*, Paris, Gallimard, 1974, p. 18.
70. No sentido de Juan Luis Segundo, *A História Perdida e Recuperada de Jesus de Nazaré*, São Paulo, Paulus, 1997.
71. Cf. Karl Rahner, *Teologia e Antropologia*, São Paulo, Paulinas, 1969, p. 257. Nada indica que João Cabral tenha lido Karl Rahner, mas podemos incluí-lo na categoria dos "cristãos anônimos".

não conduz, fica uma espécie de fascínio pelo inacessível. Mas então por que teólogo inconfessável? Teólogo inconfessável porque ele não confessará nunca, porque tem razões para desconfiar da linguagem teológica e porque sua poesia, como a poesia de William Empson[72], é assim: "Ela te evita, é de pé atrás".

Essa poesia pedra, lâmina, cacto, ouriço, faca, ciosa de sua linguagem, é

> lacônica, como a do punhal
> do Pajeú, fundo e mortal[73].

Como poderá o poeta acreditar na linguagem da teologia que fez parte de sua formação no colégio onde estudou, no Recife?

> Nas aulas de Apologética
> que nunca apurei o que era,
> depois de enredar-se em frases
> que se iam pelas janelas,
> o Irmão Marista, sem rumo,
> dizia: as provas são estas;
> e se concluímos ao contrário
> é que a língua não tem setas
> e para falar de Deus
> este idioma não presta.

As palavras do Irmão Marista escorrem pelos dedos, ou pela janela, como os rumores da Escola de Frankfurt[74]. Mas o poeta não aceita esse discurso esvaziado de sentido, sua poesia é de pé atrás. As coisas vão se entrelaçando quando percebemos que essa linha de raciocínio foi deflagrada pela citação que João Cabral

---

72. A poesia de William Empson, em *Obra Completa*, p. 554.
73. *Obra Completa*, p. 649.
74. Os filósofos analíticos diriam que os discursos religiosos são ruídos, rumores sem nenhum fundamento.

faz da poesia de William Empson. Acontece que Empson, além de poeta, é também o pai da crítica literária moderna de tradição inglesa e, como crítico, é autor de um livro clássico sobre a ambiguidade da linguagem poética[75]. Pois é justamente essa ambiguidade que permite a Octavio Paz[76] dizer que o pão que a poesia moderna partilha com os seus fiéis é uma hóstia envenenada pela negação e pela crítica e, ao mesmo tempo, perceber nessa negação e nessa crítica uma "procura do manancial perdido, a água da origem".

De todo modo, é preciso reconhecer que, nessa procura, a linguagem de João Cabral pode ser definida como uma experiência de limite, nos termos de Phelipe Sollers[77], exatamente como a da mística apofática, e se inspira no "Catecismo de Berceo"[78]:

Fazer com que a palavra leve
pese como a coisa que diga.

Ou na receita que lhe é dada pelo ferrageiro de Carmona[79]

Dou-lhe aqui humilde receita,
ao senhor que dizem ser poeta:
o ferro não deve fundir-se
nem deve a voz ter diarreia.

A relação de João Cabral com a linguagem, ou seja, a crítica que ele faz ao vazio da retórica, é um dos temas mais estudados pelos especialistas e é fácil compreender a razão disso. Basta ler

---

75. William Empson, *Siete Classes de Ambiguidad*, México, FCE, 2006.
76. Octavio Paz, *Os Filhos do Barro*, Rio de Janeiro, Nova Fronteira, 1984, p. 84.
77. Phelipe Sollers, *La Escritura y la Experiencia de los Limites*, Valencia, Pre-Textos, 1978.
78. Gonzalo Berceo, poeta espanhol do século XIII, que ele homenageia nesse poema. Cf. *Obra Completa*, p. 385.
79. Cf. *Obra Completa*, p. 595.

"O Sertanejo Falando"[80]: "A fala a nível do sertanejo engana". Outra referência obrigatória para quem pretende conhecer o rigor da linguagem de João Cabral é o poema "A Palo Seco"[81]:

> Se diz a palo seco
> o cante sem guitarra;
> o cante sem; o cante,
> o cante sem mais nada

As palavras ulceram a boca, o sertanejo fala devagar e fala *a palo seco*, numa dicção rigorosa e profundamente ética. Desse modo, em momentos nos quais a linguagem é conspurcada pela mentira, o silêncio do poeta é um meio de que ele dispõe para manifestar o seu protesto. George Steiner mostrou, numa página iluminada, "El silencio y el poeta"[82] essa relação profunda entre poesia e silêncio. De Rimbaud já se disse[83] que foi duplamente grande: pela poesia e pelo silêncio. João Cabral fica três anos sem escrever, no silêncio do deserto, assim como aconteceu a outros grandes poetas, e também aos místicos, e hoje compreendemos o que significa seu poema "O Silêncio de Racine"[84]:

> O duro, o mais duro, o jansenista,
> o sempre cada vez mais difícil,
> como obtê-lo senão
> por algum artifício?
> Mas um artifício não estará
> mais para o fácil que o difícil?
> Então calar: usar
> Um silêncio artifício.

---

80. *Idem*, p. 335.
81. *Obra Completa*, p. 247.
82. Cf. *Lenguaje y Silencio, op. cit.*, p. 63.
83. Alain Borer em *Rimbaud na Abissínia*.
84. *Obra Completa*, p. 407.

O silêncio é um artifício de linguagem que se pode encontrar tanto nos místicos quanto nos poetas. A teologia apofática sabe o quanto o silêncio, e não a tagarelice beata, pode dizer de Deus. E a literatura sabe que na tensão que se estabelece entre um vazio e outro (da linguagem) multiplicam-se as possibilidades de uma realidade inexaurível de formas e de significados[85]. E tanto nos poetas quanto nos místicos, o silêncio mostra os limites da linguagem, mas também indica a maneira de ultrapassá-los.

O místico não quer permanecer no Nada e seu silêncio é uma estratégia para chegar ao Absoluto. Se compreendi bem os aforismos de Ângelus Silesius[86], todo místico procura aquilo que Madalena encontrou. Na poesia também é assim, conforme esse depoimento de Mallarmé: enfrentei dois abismos: o Nada e a poesia[87]. Podíamos lembrar o silêncio de Rimbaud. O que procura esse "místico selvagem", como o chamou Paul Claudel? No caso de João Cabral, o silêncio é um artifício e ele o emprega por ser "mais contundente".

Limite e ultrapassagem são as contradições e os paradoxos da linguagem poética e da linguagem mística. Quando São Tomás define o misticismo como *cognitio Dei experimentalis* (o conhecimento de Deus através da experiência)[88], ele já indica uma experiência que se dá justamente na tensão da linguagem.

Entretanto, a experiência mística e a experiência poética, apesar do corte (ou por causa dele) que fazem na linguagem são

---

85. Cf. o ensaio "Os Níveis da Realidade em Literatura", de Italo Calvino que faz parte do livro *Una Pietra Sopra*.
86. *O Peregrino Querubínico* no seu sentido geral.
87. *Apud* Octavio Paz, *Os Filhos do Barro*, p. 102.
88. Devo a citação de São Tomás à leitura de G. Scholem, *Las Grandes tendencias de la mística judia*, Mexico, FCE, 1993, que, por sua vez, a deve à leitura de um terceiro, e assim vamos vivendo essa vida acadêmica, roubando citações uns dos outros.

experiências de continuidade. O silêncio, onde desembocam a poesia e a mística, não é uma ruptura, mas um aprofundamento do humano. Vemos isso em Plotino, cuja linguagem é capaz de transformar porque sempre mira um fim que é sempre um começo[89]. É o caso também de João Cabral cuja poesia é um ir sempre além:

> Quadro nenhum está acabado,
> disse certo pintor;
> se pode sem fim continuá-lo,
> primeiro, ao além de outro quadro
> que, feito a partir de tal forma,
> tem na tela, oculta, uma porta
> que dá a um corredor
> que leva a outra e a muitas outras[90].

Ainda assim, de todo modo é preciso admitir que há momentos nos quais se rompe esta sintaxe e tanto o poeta quanto o místico, cada um no seu silêncio, se tornam rios sem discurso[91] e mergulham na noite.

> Quando um rio corta, corta-se de vez
> o discurso-rio de água que ele fazia

Entretanto, o místico e o poeta não podem renunciar à linguagem sob pena de secar "o fio de água por que ele discorria" e morrerem, como acontece a Hamlet, segundo a lição de George Steiner[92]. É sintomático, por isso, que João Cabral viva na espera de que "essa lâmina" (a linguagem)

---

89. Gabriela Bal, *O Não-lugar: uma Introdução à Mística Neoplatônica Grega*. Tese de doutorado a ser publicada (PUC-SP).
90. "A Lição de Pintura", em *Obra Completa*, p. 401.
91. "Rios sem Discurso", em *Obra Completa*, p. 350.
92. George Steiner, *Nenhuma Paixão Desperdiçada*, Rio de Janeiro, Nova Fronteira, 2001.

abandone seu deserto,
encontre o avesso do nada[93].

O avesso do nada é o tudo e, por essa razão, o timbre do canto poético (a linguagem), como se lê a seguir, parte do "puro nada" para combater a seca e defender o "fio frágil da vida"[94]:

> Mas o timbre desse canto
> que acende na própria alma
> o cantor da Andaluzia
> procura-o no puro nada,
>
> como à procura do nada
> é a luta também vazia
> entre o toureiro e o touro,
> vazia, embora precisa,
>
> em que se busca afiar
> em terrível parceria
> no fio agudo das facas
> o fio frágil da vida.

A luta entre o toureiro (poeta) e o touro (linguagem) tem assim por objetivo afiar esse fio, a linguagem. Quer dizer, o silêncio dá ao poeta e ao místico a linguagem afiada, o idioma com o qual eles podem reatar o discurso-rio de suas vidas. É assim que a linguagem de João Cabral, antes dura e seca, pontiaguda, feita de faca e lâmina, agulha e cacto, ganha um novo estrato sonoro e descobre outras possibilidades de dicção que levam à superação do nada[95]:

> O coqueiral tem seu idioma:
> não o de lâmina, é voz redonda:

---

93. "Diálogo", em *Obra Completa*, p. 163.
94. *Obra Completa*, p. 428.
95. *Idem, ibidem*.

é em curva sua reza longa,
decerto aprendida das ondas,
cujo sotaque é o da sua fala,
côncava, curva, abaulada:
dicção do mar com que convive
na vida alísia do Recife.

Depois de todo o percurso que fizemos juntos, e que agora chega ao fim, é tempo de dizer adeus. O rio se despede falando, mais uma vez, daquele povo que vive nas suas margens:

É gente que assim me olha
desde o sertão do Jacarará;
gente que sempre me olha
como se, de tanto me olhar,
eu pudesse o milagre
de, num dia ainda por chegar,
levar todos comigo,
retirantes para o mar.

Desse lugar aonde chegamos já avistamos o Recife, para onde o roteiro queria nos conduzir. Esse lugar é decisivo porque aqui acontece o seminário geral das águas no qual o Capibaribe e o Beberibe dialogam com o Atlântico no constante movimento das marés. Que palavras nos diz o rio antes de se confundir com o oceano?

Gaston Bachelard abriria um parêntese para refletir sobre os sonhos da água[96]. E, a partir daí, o rio poderia nos dizer que num desses sonhos está o segredo de João Cabral. Qual é mesmo o segredo? O Capibaribe responde quase murmurando: o novo sol, que o poeta descobre, mostra-lhe as mãos escultoras escondidas na brisa e na água e então o poeta começa a desconfiar do mistério maior da vida.

---

96. Gaston Bachelard, *L'Eau et lês Rêves*, Paris, Gallimard, 1978.

Em outras palavras, o novo sol torna-se o ponto luminoso de uma nova cosmogonia: o poeta descobre os irmãos e quer levá-los todos para o mar (o Pai?). Ouve a voz que se dirige à bailadora e sabe, enfim, que "já não cabe duvidar". E posto que nosso fim é a linguagem[97], descobre finalmente o idioma do coqueiral e reza a reza longa dos coqueiros num sentimento de religiosidade cósmica que faz dele um teólogo inconfessável e um místico sem Deus. Sem Deus? O seminário geral das águas termina na substância do silêncio e do outro lado do silêncio é o mar.

---

97. Como nos ensina T. S. Eliot.

VIII
O Gato Espreitando no Escuro[1]

O senhor ponha enredo.

GUIMARÃES ROSA

Peço ao senhor que acredite porque as coisas se passaram assim, "direitinho deste jeito, sem tirar e nem pôr, sem mentira nenhuma porque esta aqui é uma estória inventada, e não é um caso acontecido, não senhor"[2]. Esta *inventio* tem início numa passagem de *Grande Sertão: Veredas*[3], de Guimarães Rosa, quando o narrador-protagonista recorda os dias durante os quais viveu num sítio, perto de Currais do Padre, um lugar tão pobre que lá não havia nem curral nem padre.

"Mas o dono do sítio, que não sabia ler nem escrever, assim mesmo possuía um livro, capeado em ouro, que se chamava o

---

1. Este texto foi publicado originalmente no número 58 (2006) da revista *Estudos Avançados do IEA* da USP sob o título "Outras Verdades, muito Extraordinárias". A versão atual apresenta algumas correções e mudanças inclusive no título.
2. Guimarães Rosa, "A Hora e a Vez de Augusto Matraga".
3. Todas as citações de *Grande Sertão: Veredas* são tiradas da 7ª Edição da José Olympio, de 1970.

Senclér das Ilhas e que pedi para deletrear nos meus descansos". E depois de ter lido o livro, diz o narrador que "nele achei outras verdades, muito extraordinárias" (p. 287). O que se deseja neste ensaio é justamente mostrar outras verdades também extraordinárias que o sabotador de textos espalhou pelas páginas de *Grande Sertão*.

Comecemos por uma citação de Julia Kristeva:

[...] é necessário saber apesar de tudo se essa coisa que fala quando eu falo é que me implica totalmente em cada som que enuncio, em cada palavra que escrevo, em cada signo que faço, se essa coisa é realmente eu, ou um outro que existe em mim, ou ainda um não sei quê de exterior a mim mesmo que se exprime através de minha boca em virtude de qualquer processo ainda inexplicado[4].

Logo depois de fazer esta afirmação, que poderia incriminá-la em flagrante delito de metafísica, Kristeva prudentemente se esquiva e corta o assunto dizendo: "Mas não se vai responder aqui a esta questão". A verdade é que ela não responde "aqui" nem em lugar nenhum justamente porque, para fazê-lo, seria necessário seguir o percurso que vai da linguística à teologia, ou vice-versa, o que Kristeva evidentemente não faz. No entanto, outro grande linguista, A. J. Greimas, se também adota uma atitude de prudência e se também não faz o percurso teológico, pelo menos nos faz um sinal. Ele diz: "Talvez exista um mistério na linguagem"[5].

Aproximando-se assim os dois textos, como estamos fazendo, parece que Greimas estaria respondendo a Kristeva. Mas isto não passa de suposição e, afinal, não é relevante saber, pelo menos no nosso caso, se teria havido ou não esse diálogo entre os dois. O relevante, aí sim, é o fato de Greimas, sendo quem foi, ter podido dizer o que nos disse.

---

4. *História da Linguagem*, Lisboa, Edição 70, 1969.
5. *Apud* J. D. Crossan, *Incursión sobre lo Articulado*, Buenos Aires, Megalopolis, 1976.

É evidente que a presença do advérbio "talvez" na frase de Greimas, sob certo aspecto, diminui a força de sua afirmação. Ele não diz: Há um mistério. Diz: Talvez haja. Mas vistas sob outro aspecto, as coisas se passam de maneira diferente. É que o advérbio confere ao pensamento de Greimas um tom claro-escuro, ou uma aura crepuscular, que o aproxima da ideia agostiniana de *cognitio verpertina*, uma forma de conhecimento que se dá na penumbra da tarde – ou na dúvida de um "talvez", a linguagem explicitando o próprio sentido da perplexidade que nos habita[6].

A Fragilidade de um "Talvez"

Olhando-se dessa maneira, o advérbio dá outra nuance à frase, ainda mais se aceitarmos a fórmula de Jean Lacroix segundo a qual toda dúvida sugere uma crença superior. Eis por que o nosso ponto de partida é a fragilidade do "talvez" de Greimas.

É com isto em mente que abrimos a primeira página do romance. Como ele principia? Por um *incipit* famoso: "Nonada. Tiros que o senhor ouviu foram de briga de homem não". Esta voz que fala é do narrador, que mais tarde saberemos tratar-se de Riobaldo, o protagonista da história. E aqui se insinua uma pergunta: A quem o narrador se dirige? Ou, nos termos de Roman Jakobson[7], quem é o destinatário neste ato linguístico de comunicação? A resposta é: Não sabemos.

Por duas razões. A primeira é que o emissor da mensagem só se refere ao destinatário de forma muito vaga, que absolutamente não dá para identificá-lo. "O senhor tolere" (p. 9), "O senhor entenda" (p. 10), "O senhor não duvide" (p. 12), "Exponho

---

6. Cf. Adolfo Casais Monteiro, *A Palavra Essencial*.
7. No ensaio "Linguística e Poética", em *Linguística e Comunicação*, São Paulo, Cultrix, 1970.

ao senhor" (p. 39), e assim em mil variantes, o tempo todo. De vez em quando, o narrador explora a função fática da linguagem, querendo saber se o outro está atento ao que ele diz, se o canal de comunicação continua aberto: "Hem?" "Hem?" O destinatário, no entanto, não diz nada, não responde, não reage às provocações do narrador.

É uma marca textual do romance. O narrador abre o coração, conta a sua vida, resgata lembranças, pensa, provoca, pergunta, implora uma resposta. Silêncio. Joga isca atrás de isca: "E como é mesmo que o senhor fraseia?" (p. 57). Silêncio. "Invejo é a instrução que o senhor tem" (p. 78). Silêncio. O leitor se aflige. Quem é essa Esfinge? Mas não se jogue a culpa no narrador, pois ele também não sabe quem é o destinatário de sua mensagem, e, como nós, está intrigado.

Tanto que já na segunda página do romance somos testemunhas de sua perplexidade, naquela passagem na qual ele está contando o que aconteceu no Andrequicé. Por lá passou um "moço de fora" e disse que, para fazer um determinado percurso, no qual qualquer jagunço gastava um dia e meio a cavalo, ele só precisaria de vinte minutos. E o narrador conta o que ouviu de outras pessoas: "Tem gente porfalando que o Diabo próprio parou, de passagem, no Andrequicé".

Ora, ao pronunciar a palavra Diabo, o narrador, ele mesmo, tem um sobressalto, um frio na barriga e, neste momento, desconfia da própria pessoa a quem está se dirigindo:

Ou, também, quem sabe – sem ofensas – não terá sido, por um exemplo, até mesmo o senhor quem se anunciou assim, quando passou por lá, por prazido divertimento engraçado? (p. 10).

Um arrepio, um frêmito, a linguagem cautelosa, como um gato no escuro, mas a suspeita está lançada. Será que o destinatário é o Diabo mesmo, ou tudo não passa de "prazido divertimento?" Lembrando Edgar Morin, se o pensamento em geral é complexo, o pensamento do romance é muito mais: "Deus existe mesmo quando não há. Mas o demônio não precisa de existir para haver" (p. 49). Para quem se inventou no gosto de "especular ideia" (p. 11), é assim que as coisas se passam: "Tudo tem seus mistérios" (p. 221) e "natureza da gente não cabe em nenhuma certeza" (p. 315).

Mas afinal, esse destinatário suspeito, foi mesmo ele quem passou pelo Andrequicé? "Sei que não foi. E mal eu não quis. Só que uma pergunta, em hora, às vezes clareia razão de paz. Mas, o senhor entenda: o tal moço, se há, quis mangar" (p. 10).

Suspeita e Mistério

Por enquanto, o destinatário da mensagem está livre da suspeita de ser o tal moço, o Diabo. No entanto, a existência deste não está descartada, donde a presença da oração concessiva: "Se ele existe... quis mangar". Para desvendar esse mistério, podemos seguir a pista levantada por um mestre da crítica, Roland Barthes: em literatura, há muitos lugares de chegar mas um só de partir: esse lugar é o texto. Voltemos então ao *incipit* do romance:

– Nonada. Tiros que o senhor ouviu foram de briga de homem não, Deus esteja. Alvejei mira em árvore no quintal, no baixo do córrego. Por meu acerto. Todo dia isso faço: gosto, desde mal em minha mocidade. Daí vieram me chamar. Causa dum bezerro: um bezerro branco, erroso, os olhos de nem ser – se viu; e com máscara de cachorro. Me disseram; eu não quis avistar. Mesmo que, por defeito como nasceu, arrebitado de beiços, esse figurava rindo feito pessoa. Cara de gente, cara de cão: determinaram – era o demo. Povo pascóvio. Mataram. Dono dele nem sei quem for. Vieram emprestar minhas armas, cedi. Não tenho abusões. O senhor ri certas risadas...

Desde o início do romance, e a última citação o comprova, sentimos a presença/ausência de Deus ou do Diabo, sempre numa atmosfera de ambiguidade. É e não é, pode ser que seja, e se não for? E sempre alguma coisa desnorteia o leitor. O bezerro, ou seja, o demo, "figurava rindo". Do destinatário, o narrador diz que "ri certas risadas". E retorna a suspeita. Então o demo e o destinatário são a mesma pessoa? Hélio Pellegrino sugere que não quando nos diz que o demônio, partidário dos sistemas, é muito sério, não conhece nossas alegrias, não sabe rir[8].

Por isso, quando o narrador diz "O senhor ri certas risadas" temos o direito de fazer um pequeno exercício de transleitura e ouvir a voz de Milan Kundera no famoso discurso de Jerusalém:

> Gosto de imaginar que François Rabelais um dia ouviu o riso de Deus e foi assim que nasceu a ideia do primeiro grande romance europeu. Agrada-me pensar que a arte do romance veio ao mundo como eco do riso de Deus.

Então, quem é esse que figura rindo e esse que ri? Para falar como o próprio Riobaldo, "é aí que a pergunta se pergunta" (p. 86). Em todo caso, permanecem ainda as duas pistas de nossa investigação. Pode ser o Diabo, por que não? A literatura já esteve tantas vezes no Inferno! E além disso, a presença do Diabo em qualquer romance seria evidente se ele não fosse um mestre do disfarce, aquele que se esgueira e passa despercebido, como na cena do Pacto.

A segunda pista, já sabemos, é a seguinte: o destinatário enigmático é Deus. Mas como justificar esta hipótese? Ele também é um mestre do disfarce, aparece e desaparece, Deus *absconditus*, age como o esgrimista de Kierkegaard: o adversário sente o golpe, é tocado, mas sempre num lugar muito diferente do que esperava. E, além disso, ele é sutil, a ponto de um teólogo como

---

8. Em *A Burrice do Demônio*, Rio de Janeiro, Rocco, 1988.

Karl Rahner ter podido defender a ideia de que o cristianismo é uma forma radical de agnosticismo. E de um Jack Milles ter dito que, de Deus, não se pode escrever uma biografia mas uma teografia, que ele mesmo define como o movimento do discurso em direção ao silêncio. Desse modo, se o interlocutor de Riobaldo se disfarça, se esconde, silencia – e ri, pode ser um disfarce de Deus, por que não?

Entretanto, como estamos lendo um romance, o melhor caminho para comprovar a hipótese levantada é a própria linguagem. Tivemos alguma expectativa em relação a Kristeva, mas logo vimos que não podíamos contar com ela. Greimas, por sua vez, nos deu uma certa suspeita, mas só. E se procurássemos apoio em algum teólogo? Justamente G. Crespy, que trabalha com a relação entre linguagem e teologia, vem nos dizer que nossas representações de Deus têm sempre um suporte cultural de tal modo que, quando a cultura se transforma, elas também mudam. O que isso quer dizer então? Que Deus existe na linguagem e é lá que devemos procurá-lo[9]. Afinal, de Hesíodo a Heidegger, sabemos que a linguagem é a morada do ser.

Se a pista está na linguagem, peçamos então a ajuda de Jakobson num de seus ensaios mais significativos e de grande repercussão nos estudos literários, aquele já citado, no qual o linguista romeno discute os fatores e as funções da linguagem. O que diz, em suma, esse texto? Não se vai repetir aqui o ensaio mas apenas recordar alguns pontos de sua estrutura básica. A comunicação linguística exige que se dê a presença de três fatores: um remetente, uma mensagem, um destinatário. É necessário ainda que haja um contexto, um referencial comum e um código conhecido pelo destinatário. Daí decorrem as seis funções básicas que Jakobson distingue na comunicação verbal.

---

9. *Essais sur La situation actuelle de la foi*, Paris, Cerf, 1970.

Podemos alinhá-las assim: A função emotiva, ou expressiva, que se caracteriza pela transmissão de conteúdos emotivos próprios do emissor; a função apelativa, que pretende influenciar o modo de pensar do receptor ou destinatário; a função referencial, também chamada informativa, que consiste na transmissão de um saber, um conteúdo intelectual de que se fala; a função fática, que estabelece, prolonga ou interrompe a comunicação; a função metalinguística, que verifica se emissor e receptor usam o mesmo código e, por fim, a função poética, centrada sobre a própria mensagem.

Doideira no Sertão

Uma vez que estamos no universo da ficção, vale a pena recordar os pressupostos da função poética. Quando ela está presente? Quando a mensagem cria a sua própria realidade, que não se identifica com a realidade empírica. Della Volpe dá um exemplo a propósito dos nevoeiros londrinos: se eles estão presentes na obra de Dickens, é graças à palavra do romancista, a qual se basta a si própria. E Della Volpe, em *Crítica del gusto*, pergunta: que palavra de geógrafo, de historiador ou de cientista é verdadeira por si mesma? O argumento de Della Volpe vale também para as neblinas de Siruiz e para o mundo criado pela linguagem de Guimarães Rosa, que não se pode contestar.

Mas há no ensaio de Jakobson uma passagem que às vezes se esquece e que devemos retomar por ser importante para a hipótese que estamos levantando. É quando, depois de explicar as funções da linguagem, ele diz: "Certas funções podem ser facilmente inferidas desse modelo", e aí vem o que interessa sublinhar: "Assim, a função mágica, encantatória, é sobretudo a conversão de uma pessoa ausente em destinatário de uma mensagem conativa". Portanto, quando fazemos de um ausente o destinatário de uma mensagem conativa, estamos realizando a função mágica da linguagem e entrando em contato com o Absoluto. Não é o que acontece em *Grande Sertão*?

Mas ainda assim, persiste o mistério sobre a identidade desse destinatário ausente que se esconde nas dobras do texto para sabotá-lo. Entre ele e Riobaldo há, ao mesmo tempo, proximidade e distância. Mais uma vez é ao texto que devemos voltar: "O senhor é de fora, meu amigo mas meu estranho" (p. 33). E no entanto, Riobaldo sente por ele uma atração inexplicável. No começo do romance, não quer que o outro vá embora (p. 22). Mais adiante, apesar do silêncio do destinatário, ele espera o diálogo: "Mais hoje, mais amanhã, quer ver que o senhor põe uma resposta" (p. 87).

Quem é esse que assim atormenta Riobaldo? Por artes mágicas, esse que se esconde nos interstícios da linguagem não poderia ser o Diabo? Sim, já vimos isso mas contra essa hipótese pesam os argumentos que levantamos antes e pesa, sobretudo, o depoimento final do narrador: "O Diabo não há! É o que eu digo, se for... Existe é homem humano". A última palavra do romance – "Travessia" – indica uma mudança.

A mudança se esclarece quando Riobaldo diz: "O sério é isto, da história toda – por isto foi que a estória eu lhe contei – : eu não sentia nada. Só uma transformação, pesável" (p. 86). Ora, essa transformação que se dá por meio de um diálogo secreto – o dialogismo interior de Bakhtine – é a resposta que Riobaldo esperou durante o romance inteiro.

Mas então quem é este cuja palavra pode transformar assim a vida do jagunço. Deus? Antes de nos metermos em novas aventuras para saber quem atormenta Riobaldo, voltemos aos autores que citamos antes. Kristeva sugere mas se esquiva, Greimas oferece uma pista, mas hesita. Crespy e Jakobson são mais convincentes, assim como Bakhtine. Mas o argumento decisivo para resolver a questão vem de Wolfgang Iser[10] e pode ser formulado assim: Uma vez que Deus não pode ser nada, está destinado a ser no-nada, não-nada (o contrário do nada) ou seja, nonada, justamente a palavra pela qual o romance principia.

Chegados a esse ponto: "O senhor me diga: o senhor desconfiou de alguma arte, concebeu alguma coisa?" (p. 408). "Nonada" é uma invocação, ou talvez uma prece e, nesse caso, o destinatário misterioso a quem o narrador se dirige seria Deus. Doideira? "No sertão, o que é doideira às vezes é a razão mais certa" (p. 217). Por isso o narrador tem razão ao nos lembrar que "um bom entendedor num bando faz muita necessidade" (p. 302) para encontrar o que ele mesmo encontrou no "Senclér das ilhas" e, por fim, descobrir... o quê? Outras verdades, muito extraordinárias. "O senhor ponha enredo" para saber quem é esse gato que espreita Riobaldo e nos espreita no escuro.

---

10. *Rutas de la Interpretacion*, México, FCE, 2005.

IX
O Desprevenido Achado[1]

> ... *com tanta dor acumulada, Deus*
> *ainda não se dá por satisfeito.*
>
> JOSÉ SARAMAGO

Combinemos o seguinte: neste capítulo, como em certo poema de Ferreira Gullar, fica o não dito por dito e assim tudo se torna mais claro ou não. Depois disso, podemos começar por um dito da poeta portuguesa Sophia de Mello Breyner Andresen: "Eu não penso, cismo". E esse contraponto a Descartes pode ser um caminho para se ler o *Evangelho Segundo Jesus Cristo*, do escritor também português José Saramago. Esse romance[2] já foi tantas vezes lido e de tantas maneiras que também podemos lê-lo *cardando, fiando e tecendo* (p. 30) ou mesmo cismando, *deixando discorrer o pensamento ao sabor dos seus próprios acasos e inclinações, mas*

---

1. Este texto é fruto de um curso ministrado na pós-graduação de literatura portuguesa na USP e foi inicialmente publicado em *Saramago Segundo Terceiros*, Lilian Lopondo (org.), Humanitas, FFLCH/USP. Uma segunda versão foi publicada pela revista da Universidade Lusófona de Lisboa.
2. As citações do romance aparecem sempre em grifo e com indicação da página correspondente, tiradas da 13ª reimpressão da Cia. das Letras.

vigiando-o com uma atenção que convém parecer distraída, como se estivesse a pensar noutra coisa, e de repente salta-se em cima do desprevenido achado como um tigre sobre a presa (p. 91). Ou um gato? Podemos lê-lo ainda sentindo o prazer do texto[3], sem aquelas *miudezas exegéticas que em nada contribuem para a inteligência de uma história* (p. 127). Por que não?

Por isso mesmo a partir de agora vamos abrir o romance e mergulhar nos seus temas, indo e vindo por suas páginas, pescando aqui e ali, sem nos preocuparmos muito com o demônio da teoria[4], tentando apenas decifrar *o morse amoroso* (p. 98) de Saramago, *como um almocreve de passagem, desses com jeito para contar histórias, tanto das reais como das inventadas* (p. 121).

Abrimos a nossa cisma com esta frase que está na p. 358: *Simão lançou a questão decisiva, Que há entre ti e Deus, Jesus suspirou*; e por esta outra, na página seguinte: *Disse João, pensativo, Que coisas que nós não sabemos haverá entre o Diabo e Deus*. Levando mais longe a pergunta de João, podemos formular uma terceira: "que coisas que nós não sabemos" haverá entre Saramago e Deus? Como as perguntas são uma só e *a resposta dada a cada uma a todas servia* (p. 214), vamos procurá-la começando por uma obviedade: Saramago é ateu. Algum problema? Nenhum. Chesterton nos lembra "o momento catastrófico", o grito de Cristo "Pai, por que me abandonaste?", no qual o próprio Deus é ateu. E o Deus que Saramago nos apresenta ao ler a Bíblia, um monstro cruel, ambicioso, cínico, não merece o nosso respeito, pelo contrário, merece mesmo o nosso desprezo e um solene *Vade retro*[5] com água benta e tudo. Mas se é assim por que falar

---

3. Lembrando Roland Barthes.
4. Lembrando Antoine Compagnon.
5. "Afasta-te, Satanás", fórmula medieval de exorcismo.

tanto dele, por que não esquecer essa imagem desbotada na qual não acreditamos mais (?).

E todavia não é exatamente assim que se passam as coisas porque o teólogo charlatão Saramago insiste nesse tema recorrente e não apenas em *O Evangelho*, que é o objeto deste ensaio, *papel e tinta, mais nada* (p. 13) mas no conjunto de toda a sua obra. Ao longo da leitura da obra de Saramago parece que o autor tem obsessão por Deus. Se no *Evangelho* Deus é o seu anti-herói, não é somente ali que o tema está presente. É só fazer uma rápida incursão à obra: Em *História do Cerco de Lisboa*, em *Levantado do Chão*, no *Memorial do Convento*, em *Todos os Nomes*, na peça *In Nomine Dei*, no *Ensaio Sobre a Cegueira*, de uma forma ou de outra, direta ou indiretamente, por uma alusão, uma ironia, uma forma qualquer de escárnio ou maldizer, e lá está Deus, assim como está também nas inúmeras entrevistas nas quais o romancista português retoma o seu tema obsessivo. Vejamos então o que o romance diz dele:

> Deus não dorme, hoje estamos em boas condições de saber porquê, Não dorme porque cometeu uma falta que nem a homem é perdoável (p. 131). E é tão cruel que passados já tantos séculos, com tanta dor acumulada, Deus ainda não se dá por satisfeito e a agonia continua (p. 83).

Até em sonho Maria de Magdala sabe que esse *Deus é medonho* (p. 309). E é mesmo. É mais terrível que os Anjos de Rilke[6]. Colérico, implacável vingativo, quem ousaria pronunciar seu nome? O Senhor dos Exércitos fala a linguagem do relâmpago e do trovão. Gosta de aparecer numa nuvem de fogo, isso nos momentos de bom humor, quando se diverte jogando praga e mais praga sobre o faraó apavorado. Não leva desaforo para o céu. Sodoma, não quis nem saber, fulminou. Transformou a mulher de

---

6. Os anjos da primeira e segunda *Elegias*.

Lot numa estátua de sal. Derrubou São Paulo do cavalo. O velho Javé é o último durão[7].

Mas onde ele se supera e se revela em toda a sua crueldade é no capítulo 21 do romance, "naquela manhã de nevoeiro" (p. 363) quando se encontram Deus, o Diabo e Jesus. Com aquele tempo, aquela *névoa*, aquela bruma, nenhum pescador se atreveria a entrar na água:

> Só um, que pescador de ofício não é, ainda que com os pescadores seja o seu viver e trabalhar, assoma à porta da casa como para certificar-se de que é hoje o seu dia, e, olhando para o opaco, diz para dentro, Vou ao mar, Por trás do seu ombro, Maria de Magdala pergunta, Tens de ir, e Jesus responde, Já era tempo, Não comes, Os olhos estão em jejum quando se abrem de manhã. Abraçou-a e disse, Enfim vou saber quem sou e para o que sirvo, depois, com uma incrível segurança, pois o nevoeiro não deixava ver nem os próprios pés, desceu o declive que levava à água, entrou numa das barcas que ali se encontravam amarradas e começou a remar para o invisível que era o centro do mar.

Prestemos atenção à força da cena, como o narrador a descreve:

> O nevoeiro abre-se para Jesus passar, mas o mais longe a que os olhos chegam é a ponta dos remos, e a popa, com a sua travessa simples a servir de banco. O resto é um muro, primeiro baço e cinzento, depois, à medida que a barca se aproxima do destino, uma claridade difusa começa a tornar branco e brilhante o nevoeiro, que vibra como se procurasse, sem o conseguir, no silêncio, um som. Numa roda maior de luz, a barca para, é o centro do mar. Sentado no banco da popa, está Deus.

Jesus foi até lá para esclarecer as coisas, saber quem é, qual é a sua missão, e a conversa é agressiva, de parte a parte, uma troca de ironias. De qualquer modo, Jesus obtém a confirmação de que é filho de Deus que o teve, através de Maria, *porque estava precisando de quem me ajudasse aqui na terra* (p. 367). Enquan-

---

7. Cf. Waldecy Tenório, "O Último Durão", *Jornal da Tarde*, Caderno de Sábado, 6/2/1993, p. 1.

to eles conversam, ouve-se *um ruído de alguém que viesse por aí nadando* (p. 367), e era o Diabo que chegava atrasado para o encontro:

> *Cá estou eu também, enquanto se ia instalando na borda do barco, exactamente a meia distância entre Jesus e Deus* (p. 367).

Feitos os cumprimentos e as apresentações, a conversa prossegue e mais adiante Jesus fica sabendo que seu papel será o de mártir, que vai morrer para que Deus amplie o seu domínio sobre o mundo. Haverá uma Igreja, fundada em seu nome, essa Igreja produzirá a Inquisição, segundo Deus *o mal necessário, o instrumento crudelíssimo com que debelaremos a infecção que um dia, e por longo tempo, se instalará no corpo da tua Igreja por via das nefandas heresias* (p. 390), uma espécie de Tribunal, condenará ao cárcere, ao degredo, à fogueira, *vão morrer queimados, no futuro, milhares e milhares e milhares de homens e mulheres* (p. 391).

Guerras, matanças, perseguições, fogueiras: cenário sombrio onde vai se desenrolar *uma história interminável de ferro e de sangue, de fogo e de cinzas, um mar infinito de sofrimentos e lágrimas* (p. 381). Até o Diabo se revolta: *É preciso ser-se Deus para gostar tanto de sangue* (p. 391). Duras palavras, mas esse Deus merece.

Na sequência o narrador informa que *o nevoeiro voltou a avançar, alguma coisa estava para acontecer ainda, outra revelação, outra dor, outro remorso* (p. 391). É quando o Diabo toma a palavra:

> Tenho uma proposta a fazer-te, disse, dirigindo-se a Deus, e Deus, surpreendido, Uma proposta, tu, e que proposta vem a ser essa, o tom era irônico, superior, capaz de reduzir ao silêncio qualquer que não fosse o Diabo (p. 391).

O Diabo, porém, não se intimida e inicia um diálogo que deixa escancarada a verdadeira natureza desse Deus. Um dos grandes momentos do romance, é preciso ler essa passagem de maneira atenta ao estilo próprio de Saramago, mesmo quanto ao uso das vírgulas, e acompanhando toda a densidade teológica do texto:

> Ouvi com grande atenção tudo que foi dito nesta barca, e embora já tivesse, por minha conta, entrevisto uns clarões e umas sombras no futuro, não cuidei que os clarões fossem de fogueiras e as sombras de tanta gente morta, E isso incomoda-te, Não devia incomodar-me, uma vez que sou o Diabo, e o Diabo sempre alguma coisa aproveita da morte, e mesmo mais do que tu, pois não precisa de demonstração que o inferno sempre será mais povoado do que o céu, Então de que te queixas, Não me queixo, proponho, Propõe lá, mas depressa, que não posso ficar aqui eternamente, Tu sabes, ninguém melhor do que tu o sabe, que o Diabo também tem coração, Sim, mas fazes mau uso dele, Quero hoje fazer bom uso do coração que tenho,

Faz uma pausa para causar efeito e finalmente apresenta a sua proposta, e ela tem algo de Orígenes[8]:

aceito e quero que o teu poder se alargue a todos os extremos da terra, sem que tenha de morrer tanta gente, e pois que de tudo aquilo que te desobedece e nega, dizes tu que é fruto do Mal que eu sou e ando a governar no mundo, a minha proposta é que tornes a receber-me no teu céu, perdoado dos males passados pelos que no futuro não terei de cometer, que aceites e guardes a minha obediência, como nos tempos felizes em que fui um dos teus anjos predilectos, Lúcifer me chamavas, o que a luz levava, antes que uma ambição de ser igual a ti me devorasse a alma e me fizesse rebelar contra a tua autoridade, E por que haveria eu de receber-te e perdoar-te, não me dirás, Porque se o fizeres, se usares comigo, agora, daquele mesmo perdão que no futuro prometerás tão facilmente à esquerda e à direita, então acaba-se aqui hoje o Mau, teu filho não precisará morrer, o teu reino será, não apenas esta terra de hebreus, mas o mundo inteiro, conhecido e por conhecer, e mais do que o mundo, o universo, por toda a parte o Bem governará,

---

8. O grande teólogo grego defensor da apocatástase, a doutrina do perdão universal.

e eu cantarei, na última e humilde fila dos anjos que te permaneceram fiéis, mais fiel então do que todos, porque arrependido, eu cantarei os teus louvores, tudo terminará como se não tivesse sido, tudo começará a ser como se dessa maneira devesse ser sempre, Lá que tens talento para enredar almas e perdê-las, isso sabia eu, mas um discurso assim nunca te tinha ouvido, um talento oratório, uma lábia, não há dúvida, quase me convencias, Não me aceitas, não me perdoas, Não te aceito, não te perdoo, quero-te como és, e, se possível, ainda pior do que és agora (p. 392).

Depois disso, o que dizer de Deus? A melhor resposta é dada por ele mesmo: *Deus é Deus, não tem remorsos* (p. 390), e isso resume o que o romance diz sobre ele. Pode-se então insinuar que existe alguma coisa entre Saramago e Deus? O que vimos até aqui só nos autoriza a dizer uma coisa: Saramago *é* ateu, herege e blasfemo. Rejeita Deus. Os católicos portugueses assim o entenderam e sorte dele que não tenham podido fazer o que a Inquisição fazia. Ponto final? Assim é se lhes parece. Entretanto, atentos à lição de Pirandello[9], não esqueçamos que as coisas mudam dependendo do olhar de quem as observa.

A Outra Imagem

Essa visão de Deus que o *Evangelho* de Saramago à primeira vista nos apresenta é fruto do olhar que o autor lança sobre a Bíblia. O Deus que ele recusa e rejeita corresponde a uma imagem congelada no imaginário do Ocidente e, para melhor visualizá-lo, podemos dar uma olhada no Michelangelo da Capela Sistina. Mas essa imagem é definitiva? É a única possível? A Bíblia comporta apenas um olhar?

Como toda grande obra literária, não. E é por isso que, referindo-se a ela, Berta Waldman faz uma incursão ao pensamen-

---

9. O escritor italiano Luigi Pirandello em "Assim É se Lhes Parece".

to de Susan Handelman para nos lembrar que a ambivalência, ou seja, a disposição para aceitar o *outro* sentido, é o legado que Moisés deixou ao povo judeu. Desse modo, o texto bíblico contém uma verdade, porém não absoluta, já que se ancora em implícitos que demandam interpretação permanente e cada passo interpretativo produz mais interpretação[10]. Como também o *Bhagavad-gita* que, segundo os mestres hindus, tem sete sentidos, sendo o leitor instado a mergulhar no seu mais profundo sentido interior. O romance de Saramago parece referir-se a esse fato quando uma personagem diz ser necessário distinguir *o que é para ser compreendido duma maneira e o que é para ser compreendido doutra* (p. 60).

O que se postula, portanto, é uma mudança do olhar sobre os fatos narrados na Bíblia. E essa mudança em busca do *outro* sentido, embora não suficientemente percebida, ocorre dentro do próprio romance como *um fugaz sinal, que outros não saberiam entender* (p. 51) e por isso diz o narrador que deveria ser fixada *neste Evangelho, ou em pintura, ou modernamente em foto, cine e vídeo* (p. 203). Quero fixá-la também neste ensaio apontando a mudança que se dá no próprio texto do romance.

De qualquer modo, assim como José percebe *a lenta ocupação do seu corpo por uma alma* (p. 22), assim também o leitor vai percebendo a lenta ocupação do romance pela figura de Jesus, que é a alma dessa obra. Vimos que o romance recusa e rejeita Deus. Nesse ponto estamos de acordo. Mas não sei se concordam que, em relação a Jesus, a postura saramaguiana é completamente diferente. Longe de mim *torcer a lógica e a razão própria das coisas para torná-las melhores* (p. 77) e para deixar claro que não faço isso chamo a atenção do leitor para diversas passagens do romance. Começo por esta, na p. 243:

10. Cf. o prefácio que Berta Waldmann escreve para o livro *Ata*, de Moacir Amâncio.

No fundo, talvez o caso de Jesus, à primeira vista, seja apenas uma questão de sensibilidade, por assim dizer, em carne viva.

O sagrado é mesmo uma categoria da sensibilidade, como já nos disse Roger Caillois[11]. E é a "sensibilidade em carne viva" do escritor que o faz perceber a diferença entre Jesus e o Deus que ele rejeita:

> Este rapaz que vai a caminho de Jerusalém, quando a maioria dos da sua idade ainda não arriscam um pé fora da porta, talvez não seja uma águia de perspicácia, um portento de inteligência, mas é merecedor do nosso respeito, tem, como ele próprio declarou, uma ferida na alma e, não lhe consentindo a sua natureza esperar que lha sarasse o simples hábito de viver com ela, até chegar a fechá-la essa cicatriz benévola que é não pensar, foi à procura do mundo, quem sabe para multiplicar as feridas e fazer, com todas elas juntas, uma única e definitória dor (p. 200).

Deus não, mas Jesus é merecedor do nosso respeito. É uma posição bem diferente. A diferença torna-se evidente se acompanharmos, com o narrador, os diversos momentos da vida de Jesus porque é ao longo de sucessivas viagens que vai se elevando o seu nível de consciência, como José o havia previsto: *Muitos foram os filhos de Israel que nasceram no caminho, o meu será mais um* (p. 48). Acertou em cheio, pois o filho começa efetivamente a nascer quando o narrador nos diz que: *Passados dois dias, Jesus foi-se embora de casa* (p. 191). Para onde ele vai? O que vai fazer? Bachelard nos diz: *Vai refazer suas estradas, suas encruzilhadas, preparar o cadastro de seus campos perdidos*[12].

Seguindo-o por essas estradas poeirentas de Nazaré, vamos encontrá-lo num momento inesquecível. Quem pode esquecer a imagem do adolescente inseguro interrogando os doutores do Templo?

---

11. Cf. *L'homme et le sacré*.
12. Cf. G. Bachelard, *A Poética do Espaço*.

A mão de Jesus levantou-se. Nenhum dos presentes estranhou que um rapaz desta idade se apresentasse a interrogar um escriba ou um doutor do Templo, adolescentes com dúvidas sempre os houve, desde Caim e Abel, em geral fazem perguntas que os adultos recebem com um sorriso de condescendência e uma palmadinha nas costas, Cresce, cresce, e vais ver como isso não tem importância... Uns tantos presentes afastaram-se, outros preparavam-se já para o fazer também, perante a mal encoberta contrariedade do escriba que via escapar-se-lhe um público até aí atento, mas a pergunta de Jesus fez voltar atrás alguns que ainda a ouviram, O que quero saber é sobre a culpa (p. 211).

O grande conflito do cristianismo está aí: o "amai-vos uns aos outros" dissolvido numa equação de amor e tortura[13]. Assim, a interpelação de Jesus ao doutor do Templo tem um sentido muito preciso e é claramente uma defesa dos homens. O romance registra isso e vai aos poucos nos mostrando o caráter de Jesus. Diante daquele adolescente que o interroga, o escriba perde a arrogância, se atrapalha, não sabe o que dizer. *Jesus ergueu-se e saiu* (p. 213).

Sempre a caminho, para onde se dirige? *Jesus desce em direção a Belém* (p. 214). Lá chegando, detém-se no centro de um largo diante de uma pequena construção cúbica que não precisa ser olhada segunda vez para se perceber que é um túmulo (p. 215). Prestem atenção ao diálogo que ele trava com uma jovem mulher que estava ali. A citação é um pouco longa mas vale a pena:

Este túmulo, de quem é. A mulher apertou a criança contra o peito, como se a quisesse proteger de alguma ameaça, e respondeu, São vinte e cinco meninos que foram mortos há muitos anos, Quantos, Vinte e cinco, já te disse, Falo dos anos, Ah, vai para catorze, São muitos, Devem ser, calculo, mais ou menos os que tu tens, Assim é, mas eu estava a falar dos meninos, Ah! Um deles era meu irmão, Um irmão teu está aí dentro, Sim, E esses que levas ao colo é teu filho, É o meu primogênito, Por que é que os meninos foram mortos, Não se sabe, nessa altura eu tinha só sete anos, Mas com certe-

---

13. Como disse Frank Kermode.

za ouviste contar aos teus pais e às outras pessoas crescidas, Não era preciso, eu mesma vi serem mortos alguns, O teu irmão, também, Também o meu irmão, E quem foi que os matou, Apareceram uns soldados do rei à procura de meninos varões até aos três anos e mataram-nos a todos, E dizes que não se sabe porquê, Nunca se soube, até hoje (p. 215).

A moça se vai e aos poucos Jesus reconstitui a sua história:

> Quando ficou sozinho, Jesus ajoelhou-se no chão, ao lado da pedra que fechava a entrada do túmulo, tirou do alforge um resto de pão que lhe ficara, já endurecido, esfarelou um bocado nas palmas das mãos e espalhou-o ao longo da porta, como uma oferenda às invisíveis bocas dos inocentes (p. 216).

A cena a seguir é ainda mais esclarecedora:

> [...] apareceu, saída da esquina mais próxima, uma outra mulher, mas esta era muito velha, curvada, que caminhava ajudando-se com um bastão. Confusamente, porque a vista não lhe dava maiores alcances, percebera o gesto do rapaz. Parou, atenta, depois viu-o levantar-se, inclinar a cabeça, como se recitasse uma prece pelo descanso dos infortunados infantes (p. 216).

A velha se dirige a Jesus: *Procuras alguém* (p. 217). Jesus disse que não, que não procurava ninguém, mas como a velha parecia esperar mais alguma coisa, o rapaz disse-lhe que havia nascido naquela gruta, numa cova, e que gostaria de conhecer o lugar. A velha quis saber como se chamavam seus pais, quantos anos tinha (vou para os catorze) e sentou-se numa pedra próxima:

> Eu conheço-te, disse a velha. Deves estar enganada, respondeu Jesus, eu nunca estive aqui e nunca te vi em Nazaré, As primeiras mãos que te tocaram não foram as de tua mãe, mas as minhas. Como pode ser isso, mulher, O meu nome é Zelomi e fui a tua parteira (p. 218).

O rapaz ajoelha-se aos pés da velha:

Minha mãe nunca me falou de ti, disse Jesus, Não tinha de falar, teus pais apareceram em casa de meu amo a pedir ajuda, e como eu tinha experiência, Foi no tempo da matança dos inocentes que estão neste túmulo, Foi, tu tiveste sorte, não te encontraram, Porque morávamos na cova, Sim, ou então porque havíeis partido antes, isso não o cheguei a saber, quando fui para ver o que vos havia sucedido, achei a cova vazia... (p. 219)

Os dois ficam em silêncio, a tarde cai, Jesus pensativo, de repente chama:

Zelomi, ela ergueu a custo a cabeça, Que queres, perguntou, Leva-me à cova onde nasci (p. 220).

Zelomi o conduz até à cova. Ele pede:

Deixa-me só, entre estas escuras paredes, quero, neste grande silêncio, escutar o meu primeiro grito... (p. 222)

A cena é comovente e podemos imaginar o choro convulso do rapaz:

Este rio de agónicas lágrimas, digamo-lo já, irá deixar para sempre nos olhos de Jesus uma marca de tristeza, um contínuo, húmido e desolado brilho, como se, em cada momento, tivesse acabado de chorar (p. 223).

Os encontros com a jovem mãe e com a escrava Zelomi deixaram-lhe a infinita dor (p. 223) de, afinal, saber quem é. Vencido pelo cansaço, dorme até que

um repentino e ofuscante clarão inundou a caverna e o despertou de golpe, Onde estou, foi o seu primeiro pensamento, e erguendo a custo, do chão pulverulento, os olhos lacrimosos, viu um homem alto, gigantesco, com uma cabeça de fogo... (p. 225)

Esse que agora aparece é o Diabo, com quem Jesus vai fazer o seu aprendizado de teologia prática. Um longo aprendizado no qual o narrador se demora por umas quarenta páginas para nos descrever os muitos enfrentamentos teológicos e éticos (p. 240) que se deram entre os dois. O aprendizado termina na p. 265:

> Com a ponta do cajado, Pastor fez um risco no chão, fundo como rego de arado, intransponível como uma vala de fogo, depois disse, Não aprendeste nada, vai.

O Diabo se parece com Deus, também é dogmático, não podemos simplesmente aceitar o que ele diz. Isso já é claro para Jesus desde aquele famoso encontro entre os três, no meio do mar, naquela manhã de nevoeiro (p. 363), lembram-se? No fim, como os dois não fizessem menção de como iriam embora, Jesus convida-os, irônico:

> Ah, preferem ir de barco, pois é melhor assim, sim senhores, levo-os até a borda para que todos possam, finalmente, ver Deus e o Diabo em figura própria, o bem que se entendem, o parecidos que são (p. 372).

De qualquer modo, nos enfrentamentos que tem com o Diabo, debatendo com ele questões acadêmicas (p. 57) mas também questões de teologia prática (p. 49), Jesus vai ampliando o seu nível de consciência, ampliando o seu conflito com o Pai. Ei-lo agora no Templo, para o sacrifício pascal. Todos acorrem para lá a fim de sacrificar cada um o seu cordeiro. A passagem a seguir é simbólica:

> O seu cordeiro, que ainda há pouco foi oferta admirável de um velho a um rapaz, não verá por-se o sol deste dia, é tempo de subir a escada do Templo, tempo de levá-lo ao cutelo e ao fogo, como se não fosse merecedor de viver ou tivesse cometido, contra o eterno guardião dos pastos e das fábulas, o crime de beber do rio da vida. Então Jesus, como se uma luz houvesse nascido dentro dele, decidiu, contra o respeito e a obediência, contra a lei da sinagoga e a palavra de Deus, que este cordeiro não morrerá (p. 250).

É ousado o rapaz, leva o cordeiro para o rebanho de Pastor, o Diabo, mas pagará caro por isso:

> A cem passos de Jesus, uma luz deslumbrante, insuportável, fendeu de alto a baixo uma oliveira que, acto contínuo pegou fogo, ardendo com força, tal um archote de nafta. O choque e o estrondo do trovão, como se o céu se tivesse rasgado, de uma vez, entre horizonte e horizonte, atiraram Jesus ao chão, sem conhecimento. Outros dois raios caíram, um aqui, outro além, como duas decisivas palavras, e depois, aos poucos, os trovões começaram a ouvir-se mais distantes, até se perderem num murmúriuo amável, uma conversa de amigos entre o céu e a terra (p. 256).

E depois?

> Jesus abriu os olhos, viu o cordeiro, depois o céu escuríssimo, como uma mão negra que sufocasse o que restava do dia. A oliveira ardia ainda. Ao mover-se, Jesus sentiu dores, mas percebeu que era senhor do seu corpo, se tal se pode dizer do que, com tanta facilidade, pode ser destruído e lançado por terra. Dificilmente, conseguiu sentar-se, e, mais pelo pressentimento do tacto do que pela certificação dos olhos, comprovou que não estava queimado nem tolhido, que não tinha qualquer membro partido, e que, exceptuando uma fortíssima zoeira na cabeça, que parecia, porém, interminável, um ronco de chofar, estava vivo e são. Puxou o cordeiro para si e, indo buscar as palavras aonde não sabia que as tinha, disse, Não tenhas medo, ele só quis mostrar-te que te poderia ter morto, se quisesses, e a mim veio dizer-me que não fui eu quem te salvou a vida, mas ele (p. 257).

É verdade que mais tarde, quando encontra Deus no deserto, Jesus acaba por sucumbir e sacrifica a ovelha. É por essa razão que o Diabo o despacha, *Não aprendeste nada, vai* (p. 265), mas já sabemos que isso não é a inteira verdade, até porque *o geral dos homens padece de instabilidade emocional* (p. 93). E o que não aprendeu com o Diabo Jesus aprende no encontro com Maria de Magdala: o amor.

Guarda-me na tua lembrança, nada mais, e Jesus, Não esquecerei a tua bondade, e depois, enchendo-se de ânimo, Nem te esquecerei a ti, Porquê, sorriu a mulher, Porque és bela, Não me conheceste no tempo da minha beleza, Conheço-te na beleza desta hora (p. 280).

De todo modo, Jesus aprendeu muito nos enfrentamentos teológicos e éticos que teve não somente com o Diabo mas com Deus também: *Não quero esta glória* (p. 391) diz-lhe Jesus quando Deus anuncia que a sua morte é a condição do seu poder e de sua glória. E a passagem a seguir mostra como Jesus desafia Deus:

> Não estejas com rodeio, diz-me que morte será a minha, Dolorosa, infame, na cruz, Como meu pai, Teu pai sou eu, não te esqueças, Se ainda posso escolher um pai, escolho-o a ele, mesmo tendo sido ele, como foi, infame uma hora da sua vida (quando José deixou de salvar os meninos que seriam mortos por ordem de Herodes preocupando-se apenas em salvar Jesus), Fostes escolhido, não podes escolher, Rompo o contrato, desligo-me de ti, quero viver como um homem qualquer (p. 371).

Jesus é, de fato, um contraponto ao Deus saramaguiano. Na p. 436 Pedro diz-lhe: Não podes ir contra a vontade de Deus e Jesus responde: *Não, mas o meu dever é tentar*. E nesta mesma linha de pensamento, chamo a atenção para um debate entre Jesus e os discípulos sobre a morte: *Morreremos, então, por tua causa, disse uma voz, mas não se soube de quem havia sido, Por causa de Deus, não por minha causa, respondeu Jesus* (p. 435).

Ainda sobre o tema da morte, este diálogo entre Jesus e Pedro é sumamente esclarecedor:

> Todos os seres têm de morrer, disse Pedro, os homens como os outros, Morrerão muitos no futuro por vontade de Deus e causa sua, Se é vontade de Deus, é causa santa, Morrerão porque não nasceram antes nem depois, Serão recebidos na vida eterna, disse Mateus, Sim, mas não deveria ser tão dolorosa a condição para lá se entrar, Se o filho de Deus disse o que disse, a si próprio denegou, protestou Pedro, Enganas-te, só ao filho de Deus é

permitido falar assim, o que na tua boca seria blasfêmia, na minha é a outra palavra de Deus, respondeu Jesus (p. 436).

Depois de tudo que lemos fica claro, e nem precisaria ser dito, que Jesus é

o evidente herói deste evangelho, que nunca teve o propósito desconsiderado de contrariar o que escreveram outros e portanto não ousará dizer que não aconteceu o que aconteceu, pondo num lugar de um Sim um Não... (p. 239)

E fica claro também que Saramago rejeita Deus mas tem por Jesus o maior respeito:

Este homem, nu, cravado de pés e mãos numa cruz, filho de José e de Maria, Jesus de seu nome, é o único a quem o futuro concederá a honra da maiúscula inicial... (p. 18)

A Outra Palavra

Não é por acaso que este romance se chama *O Evangelho Segundo Jesus Cristo*. Freud explica? Explica. O cristianismo é a religião do Filho e não pode fugir ao destino de querer eliminar o Pai[14]. É Freud dizer e Saramago fazer: rejeita o Pai e adere ao Filho. Mas notem o que diz o Filho: *que não é possível crer no Pai e não crer no Filho* (p. 395). E perguntamos: o contrário é possível, crer no Filho e não crer no Pai? Segundo Jesus também não *porque sempre a vossa escolha terá de ser entre Deus e Deus* (p. 436). Sendo assim, podemos concluir que, ao aceitar Jesus, Saramago aceita necessariamente Deus?

É claro que Saramago não está habituado *a tão alto parentesco* (p. 355) e certamente discordaria de tal afirmação. Como,

---

14. Cf. *Moisés e a Religião Monoteísta*.

no entanto, ele não é uma autoridade na matéria, pedirei a ajuda de dois grandes teólogos: o primeiro, Irineu de Leão, é um dos grandes pensadores da Patrística na segunda metade do século II. Eis o que ele diz:

pela comunhão que temos com ele, o Senhor (Jesus Cristo) reconciliou o homem com o Deus-Pai[15].

É claro isso, não? O segundo teólogo a quem peço socorro é Anselmo de Cantuária. O que nos diz? que pai e filho são distintos

e, todavia, são tão idênticos pela substância que sempre a essência do filho está no pai, e a essência do pai está no filho, e nunca ela é diferente, porque a essência de ambos não é diferente, mas a mesma, não múltipla mas única[16].

Mas então é a reconciliação entre Saramago e Deus? Saramago é um ateu potencial, aquele que, segundo o teólogo Juan Luis Segundo[17], põe os valores humanos acima dos dogmas religiosos. Nessa condição de ateu potencial o romancista revela um sentimento nostálgico de Deus: *Eram outros os tempos, o Senhor manifestava-se em presença todos os dias* (p. 49). É o caso de parodiar o narrador: *Ai, Saramago, quão pouco sabes tu de Deus se ignoras que não precisamos andar à procura dele se ele estiver decidido a encontrar-nos...* (p. 296). E tudo indica que sim porque, em certa passagem, Deus revela uma pungente e inesperada tristeza e sente-se culpado: *a culpa, tenho-a eu, que não alcanço a chegar onde me buscam* (p. 386).

Existe aqui uma evidente coincidência entre os dois. Haverá também o encontro? Como esta não é *a única história* (leitura)

---

15. Irineu de Leão, *Obras*, São Paulo, Ed. Paulus, 1995.
16. Monologio, em Col. *Os Pensadores*, São Paulo, Abril, 1973.
17. No livro *A História Recuperada de Jesus de Nazaré*.

possível (p. 20) do romance de Saramago, a pergunta fica em suspense e deixa uma dúvida, ainda mais quando se lê o que próprio romance diz:

> Muito se tem falado das coincidências de que a vida é feita, tecida e composta, mas quase nada dos encontros que, dia por dia, vão acontecendo nela... (p. 221)

Seja como for, *Com todo este ir e vir, este andar e estar parado, este pedir e perguntar* (p. 81), o ensaio termina suspeitando desse encontro, tentando decifrar o "morse" amoroso de Saramago e descobrindo enfim que a obra desse escritor nos propõe uma grande reflexão teológica.

O romance não desconhece o mal e, da primeira à última página, registra todos os gritos que gritamos ao longo da vida, mesmo os que não poderemos ouvir (p. 13). Mas na p. 312 há uma declaração notável que propõe uma visão diferente de tudo que vimos antes: *Deus é sempre o contrário de como os homens o imaginam*. O que é isso? Uma sabotagem do texto, uma interpolação feita pelo autor invisível? Deus então é o contrário do que Saramago diz? O melhor vem na página seguinte: como a última palavra será sempre a do Senhor, *vais ver que uma manhã destas acordamos e descobrimos que não há mal no mundo* (p. 313).

Então é isso, o romance de Saramago propõe uma teologia da esperança? Podemos lembrar aqui o pensamento de Ernst Bloch: o cristão é o verdadeiro ateu e o ateu é o verdadeiro cristão. Voltando ao lugar por onde começamos, *Se há coisas que o próprio Deus não entende* (p. 27), que "coisas que nós não sabemos" haverá entre Saramago e ele? A resposta está na p. 143, *Nem tu podes fazer-me todas as perguntas, nem eu posso dar-te todas as respostas*. O que se quer ainda? Fica o não dito por dito e esse é o desprevenido achado.

X
Quando essa Ausência Doer[1]

Onde estão todos eles?

MANUEL BANDEIRA

À noite, quando todos os gatos são pardos, é que a ausência dói mais. Em Proust, é a mãe que não vem. Em Manuel Bandeira, os avós que se foram para sempre. Para pensar sobre isso, faremos um passeio imaginário pelas ruas de duas cidades muito próximas uma da outra: o Recife e Combray. Mas não se espere muito destas páginas. Elas são um simples exercício de literatura comparada e de teologia literária no qual vamos ler um poema de Manuel Bandeira, "Profundamente"[2], lendo uma página de Marcel Proust[3], ou talvez seja o contrário. Mesmo assim existe sempre a possibilidade de que um diálogo, nem que seja indireto, entre

---

1. Este texto reproduz parte de uma aula ministrada no Programa de Estudos Pós-Graduados em Ciências da Religião, da PUC-SP, no primeiro semestre de 2005.
2. Do livro *Libertinagem*.
3. A passagem a que me refiro está no início de *No Caminho de Swan*, começa na p. 30 da edição da Abril, 1979.

autores como esses resulte em uma bela surpresa para quem escreve e para quem lê. É o que vamos ver a partir de agora.

Digamos logo que essa expectativa não é de todo descabida porque as coisas se passam como no *ex-opere operato*[4], da teologia clássica, sua eficácia é garantida por Proust e Bandeira e não depende do autor do ensaio, se tem competência ou não. Declaradas assim as possibilidades que se abrem, partamos em direção ao Recife, onde visitaremos Bandeira, sempre saudoso do avô. Depois daremos um pulo a Combray para encontrar Proust, sempre saudoso de sua mãe.

Mas antes de nos pormos a caminho, não custa prestar atenção a uma compreensível curiosidade do leitor a respeito do que se pretende. Terá mesmo algum sentido fazer essa aproximação entre Bandeira e Proust? Haverá um ponto de intersecção entre a página da *Recherche* e a poesia de Bandeira? Onde se cruzam, me digam, seus amores, suas dores, suas melancolias?

Os mais apressados queiram desculpar mas uma resposta prévia não teria a menor graça. Aprendemos com os navegadores antigos que só depois de achada a ilha desconhecida é que se escreve a El-Rei, contando as aventuras vividas pelo caminho. Portanto, nada de dar de mão beijada a chave do que Proust e Bandeira procuram. Afinal, segundo a lição de Umberto Eco, o leitor também tem de colaborar, e isso lhe é pedido sempre. E humilde, lhe peço.

No Caminho de Bandeira

A primeira coisa a fazer é deixar que o poeta nos guie por estas ruas do Recife. "Como eram lindos os nomes das ruas da

---

4. Na teologia clássica a eficácia do sacramento depende de Deus (Proust, Bandeira), não da virtude daquele que o administra (o autor do ensaio).

minha infância"[5]. De fato, muitos dos nomes dessas ruas são reminiscências de um mundo de encantamento: Rua das Moças, Rua Deus Me Guarde, Rua das Lágrimas, Rua Estrela Brilhante, Rua do Sol. Mas é nos limites do território que Bandeira chama a sua Tróada[6] que os nomes das ruas ganham um significado afetivo e se tornam decisivos para a sua formação. Rua da União, onde fica a casa do avô, Rua da Saudade, Rua Formosa, Rua da Aurora: assim como fluem as águas do Capibaribe, ali bem perto, fluem também as lembranças fortes de um momento marcante na vida do poeta.

Ele mesmo dirá mais tarde, no "Itinerário de Pasárgada", que ao comparar os anos de meninice a quaisquer outros anos de sua vida de adulto "fico espantado do vazio destes últimos em cotejo com a densidade daquela quadra distante". E por que isso? Porque ali, naquelas ruas, se constrói a sua mitologia.

> [...] e digo mitologia porque os seus tipos, um Totônio Rodrigues, uma D. Aninha Viegas, a preta Tomásia, velha cozinheira da casa de meu avô Costa Ribeiro, têm para mim a mesma consistência heroica das personagens dos poemas homéricos[7].

Por isso o poeta não celebra[8] o Recife das revoluções libertárias, que veio a amar depois, mas o Recife da sua infância:

> A Rua da União onde eu brincava de chicote-queimado
> e partia as vidraças da casa de dona Aninha Viegas
> Totônio Rodriges era muito velho e botava o
> pincenê na ponta do nariz
> ....

---

5. No poema "Evocação do Recife", também do livro *Libertinagem*.
6. Um texto indispensável para a compreensão de tudo isso é o "Itinerário de Pasárgada" que faz parte da obra completa publicada pela Aguilar.
7. Cf. o "Itinerário de Pasárgada".
8. No poema "Evocação do Recife", que escreve por insistência de Gilberto Freyre.

> Recife
> Rua da União
> A casa de meu avô
> Nunca pensei que ela acabasse!
> Tudo lá parecia impregnado de eternidade.

Mas Bandeira guarda ainda outras lembranças de infância nas quais devemos prestar atenção se quisermos compreender o sentido profundo de sua poesia. Uma delas é de um acontecimento que se dá "lá longe, no sertãozinho de Caxangá", distante das ruas onde fundou o seu reino:

> Um dia eu vi uma moça nuinha no banho
> Fiquei parado o coração batendo
> Ela se riu
> Foi o meu primeiro alumbramento.

Nesse ponto, já podemos perceber que a poesia de Bandeira está impregnada de eternidade e de alumbramento. Mas vamos deixar para puxar esse fio na parte final do trabalho, sabendo que o leitor atento não deixará que as ideias se percam. Por ora, vamos dar mais um passo em nosso caminho.

Vamos ler agora alguns versos do poema "Profundamente" anotando os temas que nos assediam (o ideal seria ler o poema todo mas não posso infelizmente transcrevê-lo por inteiro):

> QUANDO ONTEM adormeci
> Na noite de São João
> Havia alegria e rumor
> Estrondos de bombas luzes de Bengala
> Vozes cantigas e risos

Quando desperta, no meio da noite, tudo desapareceu. E o eu lírico se pergunta:

Onde estavam os que há pouco
Dançavam
Cantavam
E riam
Ao pé das fogueiras acesas?

Ele mesmo responde que estavam todos dormindo "Profundamente". E então o eu lírico refaz a pergunta:

Hoje não ouço mais as vozes daquele tempo

Minha avó
Meu avô
Totônio Rodrigues
Tomásia
Rosa
Onde estão todos eles?
– Estão todos dormindo
Estão todos deitados
Dormindo
Profundamente.

Em busca de uma resposta, comecemos pelo título, "Profundamente". Esse advérbio de modo, cuja sonoridade sugere a ideia de uma sondagem no poço profundo do tempo, aparece três vezes no poema: no título e como fecho da primeira e da segunda parte do poema. Aliás, a estrutura vertical do poema, ela própria já aponta para essa ideia de profundidade, uma palavra de ressonância artística, filosófica, teológica, psicológica.

Do título, passemos para o verso 1: o poema começa com dois advérbios de tempo justapostos, *Quando* e *Ontem*, escritos com letras maiúsculas como para indicar que o tempo é o eixo central de sua reflexão. Não é isso também que acontece na *Recherche* proustiana, em busca do tempo perdido? Aliás, como se pode ver na própria disposição gráfica, o poema se divide em duas grandes partes: na primeira, o eu lírico recorda um momento que viveu no passado: na segunda, quer resgatar esse passado e sente que não pode. Assim é também na *Recherche*.

De qualquer modo, o homem maduro vai recompondo suas lembranças e, com elas, procura refazer a sua história. Debruçando-se sobre o passado, ele se detém num momento mágico da infância. Essa noite de São João é *féerie* pura: alegria e rumor, vozes, cantigas, risos, fogueiras acesas. Vejam esse verso: "Estrondos de bombas luzes de Bengala". É tudo tão rápido, tão estonteante, tão vertiginoso, que não há tempo sequer para a pausa de uma vírgula. Mesmo assim, a criança adormece e quando acorda, no meio da noite, tudo mudou.

Nada há mais daquela alegria, a não ser alguns balões errantes e o ruído de um bonde cortando o silêncio como um túnel. Desnorteado, o menino pergunta pelas pessoas. Onde estavam? "Onde estavam os que há pouco cantavam, dançavam e riam?" Uma voz dentro do poema responde no verso 21: "Estavam todos dormindo", e reitera no verso seguinte: "Estavam todos deitados", a reiteração querendo acentuar que estavam todos dormindo profundamente, como se dorme depois de uma noite de festa.

No começo da segunda parte do poema, o eu lírico tenta uma explicação para o que aconteceu. Por que afinal não pode ele ver o fim da festa de São João? Simples, porque adormeceu. Explicação tranquilizadora, mas por pouco tempo. Não demora muito e ele já constata: "Hoje não ouço mais as vozes daquele tempo". Por que não ouve, se agora está acordado? A explicação desmorona e isso reforça a grande pergunta do poema: "Onde estão todos eles?" E nesse momento, a mesma voz que vem de dentro do poema responde: "Estão todos dormindo/estão todos deitados/dormindo/profundamente".

Há um paralelismo quase perfeito entre a resposta dada no fim da primeira parte e a que se dá no final do poema. O "quase" que acabo de ressalvar deve ser debitado ao tempo verbal que é diferente numa e noutra parte. Na primeira o verbo é empregado no modo imperfeito, indicando uma situação não acabada, um estado não definitivo: estavam dormindo, sim, mas a qualquer momento despertariam. No final do poema o verbo é empregado num presente durativo que, agora sim, aponta para algo definitivo. Ao passar do imperfeito para o presente durativo o sentido do verbo se desloca do plano denotativo para o conotativo. O "estavam todos dormindo" da primeira parte significa simplesmente que estavam todos dormindo. O "estão todos dormindo" da segunda parte significa algo mais forte, definitivo, inapelável: estão todos mortos. Donde o clima de melancolia que se respira ao longo de todo o poema. Melancolia que vem justamente de um sentimento de perda, a perda dolorosa que foi para o menino não ter podido ver o fim da festa de São João.

No Caminho de Proust

E agora, Combray, o cenário onde transcorre a infância de Proust. "Para morar, Combray era um pouco triste, como eram tristes as suas ruas…" Todas elas, ou quase todas, com seus nomes de santos: "rua de Santo Hilário, rua de S. Tiago, onde ficava a casa de minha tia, rua de Santa Hildegarda, para onde davam as grades, e rua do Espírito Santo, para onde se abria o portãozinho lateral de seu jardim".

Ali, a torre de Santo Hilário domina a paisagem. "Combray, de longe, por dez léguas em redor, vista do trem, quando chegávamos na semana anterior à Páscoa, não era mais que uma igreja que resumia a cidade". A igreja, as ruas, as casas, as pessoas, os cheiros e os aromas de Combray: é aí que se constrói a mitologia de Proust.

E eu desejaria poder ficar ali sentado toda a tarde a ler e ouvindo os sinos; pois fazia um tempo tão lindo e tranquilo que o soar das horas dir-se-ia que não quebrava a calma do dia, mas desembaraçava-o do que ele continha, e que o campanário, com a insolente e zelosa exatidão de quem não tivesse mais nada que fazer, acabava apenas (para espremer e deixar cair as poucas gotas de ouro que o calor ali fora lenta e naturalmente acumulando) de calcar, no momento justo, a plenitude do silêncio.

Ele também tem suas figuras marcantes: a avó, o avô, a mãe, o pai, as tias, as empregadas, como Francisca, os amigos da família, como o sr. Swann, e os ritos familiares, como o beijo da mãe antes de dormir, as missas, as doenças, as visitas, os jantares, os pequenos hábitos incrustados na rotina de cada dia.

Esse "grande reservatório de poesia" também dá ao menino um certo sentimento de eternidade provocado pela "intrusão do mistério e da beleza". E assim como Bandeira, Proust tem também seus alumbramentos, como no encontro com a atriz na casa do tio Adolfo, e suas epifanias, como naquela na taça de chá que a mãe lhe oferece numa tarde de inverno.

Leiamos esta página logo no começo de *A Caminho de Swann* para descobrir os temas proustianos que fazem contraponto aos temas de Bandeira:

> Meus remorsos estavam agora acalmados, eu me abandonava à doçura daquela noite em que tinha mamãe junto de mim. Sabia que uma noite daquelas não poderia repetir-se: que o meu maior desejo no mundo, ter mamãe comigo no quarto durante aquelas tristes horas noturnas, era por demais contrário às necessidades da vida e ao sentir de todos, para que a realização que lhe fora concedida aquela noite não pudesse ser mais que uma coisa fictícia e excepcional. Amanhã recomeçariam as minhas angústias e mamãe não estaria ali comigo... Assim, por muito tempo, quando despertava na noite e me vinha a recordação de Combray, nunca pude ver mais que aquela espécie de lanço luminoso, recortado no meio de trevas indistintas, semelhante aos que o acender de um fogo de artifício ou alguma projeção elétrica alumiam e secionam em um edifício cujas partes restantes permane-

cem mergulhadas dentro da noite; na base, bastante larga, o pequeno salão, a sala de jantar, o trilho da alameda escura por onde chegaria o sr. Swann, inconsciente autor das minhas tristezas, o vestíbulo de onde me encaminhava para o primeiro degrau da escada, tão cruel de subir, que constituía por si só o tronco, muito estreito, daquela pirâmide irregular; e, no cimo, o meu quarto, com o pequeno corredor de porta envidraçada por onde entrava mamãe... Na verdade, tudo isso estava morto para mim. Morto para sempre? Era possível? É assim com o nosso passado. Trabalho perdido procurar evocá-lo, todos os esforços da nossa inteligência permanecem inúteis. Está ele oculto, fora do seu domínio e do seu alcance, nalgum objeto material (na sensação que nos daria esse objeto material) que nós nem suspeitamos. Esse objeto, só do acaso depende que o encontremos antes de morrer, ou que não o encontremos nunca.

O narrador de *A Caminho de Swann* reconstitui um momento igualmente mágico da infância, no qual o menino se abandona "à doçura daquela noite em que tinha minha mãe junto de mim" mas já pressentindo que "uma noite daquelas não poderia repetir-se". Que leitor apressado não vê, nos textos que estamos comparando, esses dois meninos que se queixam da finitude da vida, esses dois meninos e o medo da noite, esses dois meninos e a angústia que os fere, assim como fere a cada um de nós? "Amanhã recomeçariam minhas angústias e mamãe não estaria ali comigo."

No Caminho dos Dois

É tempo de voltar à hipótese segundo a qual o Recife é bem perto de Combray. Mas também é tempo de dizer que não estamos falando de nenhuma geografia enlouquecida e que a proximidade a que nos referimos se dá nos traços comuns que podemos encontrar nos autores mencionados e, de maneira especial, nos textos que estamos comparando. Assim, o que vamos fazer nessa terceira parte é trabalhar aqueles temas dominantes, temas maiores, que segundo Pierre Richard[9] formam a arquitetura invisível do texto. Quais são, pois, os temas dominantes em Bandeira e em Proust e de que maneira eles se comunicam, se possuem, se transformam?

Em primeiro lugar, são dois meninos. Dois meninos e o medo da noite, dois meninos e a queixa contra a finitude da vida, dois meninos e angústia que os fere, assim como fere o leitor. O menino do poema acorda no meio da noite e não ouve mais as vozes dos que riam, cantavam e dançavam na festa de São João. E o menino da *Recherche*? "Por muito tempo, quando despertava de noite e me vinha a recordação de Combray, nunca pude ver mais aquela espécie de lanço luminoso por onde a mãe entrava." A mesma ferida, a mesma queixa, a mesma dor. No poema, a pergunta pelos outros dissimula uma mágoa, uma queixa, uma interrogação: "Onde estão todos eles?" No trecho de Proust, quando o narrador diz: "Na verdade, tudo isso estava morto para mim", imediatamente ele acrescenta: "Morto para sempre? Era possível?" E essa dúvida, que dissimula uma mágoa, dissimula também uma frágil esperança.

Nessa linha de reflexão, podemos lembrar uma passagem de Jorge Luis Borges[10] quando ele diz que a vida tem três dimensões: *largo, ancho y profundidad*, sendo nesta que se dá a experiência humana. Também um teólogo moderno, Paul Tillich, reflete sobre o tema quando nos fala do Deus da profundidade. Não há só o Deus dos filósofos e dos sábios, há também o Deus da profundidade, o dos poetas, dos artistas, dos amantes, dos heróis, dos místicos, os que vão ao fundo das coisas, "profundamente", como Bandeira e Proust, razão pela qual, quem não sabe, fique sabendo: o Recife que Bandeira inventa é logo ali, pertinho de Combray.

---

9. Em *L'Univers imaginaire de Mallarmé*, Paris, Seuil, 1961.
10. Em *La Penúltima Version de la Realidad*.

Perto ou longe, Bandeira e Proust mergulham no fundo de suas existências e os seus textos falam muito da noite. Noite da angústia, da finitude, da vertigem, da voragem, do *never more*, da dúvida, da incerteza, do *ubi sunt*. Onde estão todos eles... e parece que ouvimos ao longe o eco da voz angustiada de Villon: *mais où sont les neiges d'antan?*[11] Minha avó, meu avô, Totônio Rodrigues, Tomásia, Rosa... Por que, na hora de dormir, a mãe de Proust não vem beijar o filho? Encontramos aqui, nessa relação com o tempo, uma das fontes de nossa melancolia, como o podem atestar Santo Agostinho, Petrarca, Villon, Proust, Manuel Bandeira...

Na poesia de Bandeira e na *Recherche* de Proust é sempre a noite da ausência... Sim, mas se disséssemos isso a Paul Valéry ele nos lembraria que *un ouvrage n'est jamais achevé*[12] e, sendo assim, essa ausência não significa necessariamente um vazio e pode ser apenas um suspense ou o signo de uma espera. Então, quando essa ausência doer, lembrem-se de Proust e de Manuel Bandeira, e de Santo Agostinho dizendo aos dois que não se sintam abandonados porque a lua e as estrelas consolam a nossa noite[13].

---

11. Famoso verso da "Ballade des dames du temps jadis".
12. Uma obra nunca está terminada. Valéry diz isso a propósito do poema.
13. No Livro XIII das *Confissões*.

XI
Afinidades Eletivas em Francês[1]

> ... *entre o branco lençol de areia e as estrelas, uma consciência de homem.*
>
> SAINT-EXUPÉRY

Afinidades Eletivas é um título claramente alemão, propriedade de Goethe e não sei se pode ser usado a propósito dos dois autores franceses que desejo contrapor. Usarei então como ponto de partida um subtítulo *ad hoc*: "Literatura e Teologia: Teilhard de Chardin, Saint-Exupéry e a Terra dos Homens". Ele nos livra da dúvida que o título propõe e tem a vantagem de nos oferecer dois pares de polaridades que servirão de balizas para o que vou dizer. O primeiro par é "Literatura e Teologia". O segundo, "Teilhard de Chardin e Saint-Exupéry", duas grandes vozes do século XX: o paleontólogo e teólogo, autor de *O Fenômeno Humano*, e o piloto e escritor autor de *O Pequeno Príncipe*, duas obras igualmente importantes, cada uma no seu lugar.

---

1. Esse texto faz parte de um seminário apresentado na PUC-RJ e foi publicado na revista do Decanato de Teologia e na revista do Instituto Humanitas da Unisinos.

Partindo do subtítulo, podemos notar que os dois pares de polaridades convergem (e esse é um verbo teilhardiano) para a expressão "Terra dos Homens". E aqui cabem duas observações: 1) terra dos homens é simultaneamente uma alusão ao nosso planeta, objeto privilegiado da reflexão de Teilhard, e ao romance talvez mais importante de Saint-Exupéry, por coincidência, o livro preferido pelo teólogo no conjunto da obra do escritor; 2) a ponta final do sintagma – homens – é o lugar onde se dá o grande encontro entre os dois autores que estamos aproximando. E esse é também o lugar onde se encontram a literatura e a teologia. De qualquer modo, como não se pretende disciplinar as ideias, o subtítulo quer ser apenas mapa e roteiro para que não nos percamos no caminho.

Primeira Polaridade

Comecemos pelo primeiro par de polaridades: Literatura e Teologia. Ao fazer essa aproximação, precisamos não esquecer que o lugar onde se encontram a literatura e a teologia é uma fronteira perigosa, um terreno minado onde há sempre o risco de sermos atingidos por uma bala perdida. É que certos dogmatismos sobreviventes nos dois lados ainda provocam algumas escaramuças. De um lado, teólogos muito seguros dos seus erros[2], de outro, críticos literários para os quais Deus é apenas um ruído[3]. Entre as duas categorias, uma desconfiança recíproca. Velhos ressentimentos, talvez.

Mas não tem importância. A teologia e a literatura podem ser irmãs inimigas, podem se beijar ou se morder, dar de ombros uma para a outra, o fato é que elas têm uma paixão comum pelo ser humano. A teologia nos fala da encarnação, esse é o ponto

---

2. Como em *O Nome da Rosa*, de Umberto Eco.
3. Lembrando os filósofos de Frankfurt.

central. Um Deus se apaixona tanto pelos homens que se fez carne e habitou entre nós. E quanto à literatura? Nela a encarnação se dá mesmo de maneira involuntária, como acontece no livro *Felicidade Clandestina* de Clarice Lispector.

Além disso, ao falar de literatura e teologia estamos lidando com palavras femininas, uma *boutade* que José Carlos Barcelos[4] gostava de empregar para nos dizer que as relações entre as duas são meio tensas, do tipo amor e ódio. A literatura e a teologia se afastam, se aproximam, se desdenham, se admiram... mas há um momento em que elas se dão as mãos. Quando? Quando se fazem testemunhas do desamparo humano, de sua solidão, de sua carência radical. Testemunhas de defesa.

Leila Perrone-Moisés afirma, a propósito de Fernando Pessoa: "Pessoa, como todos os escritores, escreve não para dizer o que vê, mas porque o que vê não lhe basta". É o que acontece com todos os escritores. Veja-se, por exemplo, o poema, "Science Fiction", de Carlos Drummond de Andrade:

> O marciano encontrou-me na rua/ e teve medo de minha impossibilidade humana./ Como pode existir, pensou consigo, um ser/ que no existir põe tamanha anulação de existência?/ Afastou-se o marciano, e persegui-o./ Precisava dele como de um testemunho./ Mas, recusando o colóquio, desintegrou-se/ no ar constelado de problemas./ E fiquei só em mim, de mim ausente.

Não precisamos insistir na afirmação de que aquilo que a literatura vê não lhe basta porque o que ela vê, e imediatamente denuncia, é a insuficiência ontológica. Aliás, o discurso poético, diferente do discurso conceitual, não apenas denuncia: ele mostra a insuficiência. No caso desse poema de Drummond, a desintegração do ser "que no existir põe tamanha anulação de

---

4. O professor José Carlos Barcelos, da UFF, morto prematuramente, é uma referência brasileira nos estudos que tratam da aproximação entre literatura e teologia.

existência" é mostrada na desintegração de um poema que tem o título em inglês, *Science Fiction*, e o texto em português, o que o torna, de certo modo, meio esquizofrênico. E é de se notar também que o marciano se desintegra quando recusa o colóquio, quando nega a linguagem e a possibilidade do diálogo, elementos que fazem parte, ao mesmo tempo, do repertório literário e do repertório teológico.

O tema da morte que sobrevém quando se nega a linguagem está presente no *Hamlet* de Shakespeare, e Shakespeare foi o antídoto que a literatura inventou para compensar Descartes. Quase no mesmo momento em que o autor de *O Discurso do Método* opera a cisão do ser, Shakespeare entra em cena para nos lembrar que ser ou não ser é a questão fundamental da condição humana.

Não é esta também a postura teológica? Lembro a esse respeito, de maneira bem resumida, três posições clássicas: Santo Irineu quando afirma que a glória de Deus é o homem vivo; Santo Agostinho quando lembra que todo aquele que é menos do que foi, não enquanto é, mas enquanto é menos, é mau; Karl Rahner quando diz que diminuir o homem é diminuir o próprio Deus.

Por isso, o encontro entre a literatura e a teologia se dá, significativamente, num momento fundamental da fé: a encarnação. Se puder citar ainda uma vez Santo Agostinho, lembrarei uma ideia muito rica que está em seus escritos: Só a teologia é suficientemente ousada para nos dizer que o verbo se fez carne. Só que o verbo também se faz carne na literatura, razão pela qual Agostinho é teólogo e escritor, e seu livro *Confissões* está entre as grandes obras da literatura universal. Digamos então que a literatura e a teologia se encontram na passagem do *logos* filosófico para o *pathos* literário. É aí que as duas se encontram e revelam a mesma paixão pelo ser.

Segunda Polaridade

Chegamos à segunda polaridade: Teilhard de Chardin e Saint-Exupéry. Agora são polaridades masculinas e, embora a psicologia seja diferente, temos também aqui aproximações e distanciamentos, divergências e convergências. Só que, como na primeira polaridade, o teólogo e o escritor convergem quando se trata de falar do ser humano.

Mas alguém poderia se perguntar: é mesmo possível essa convergência entre o sacerdote, teólogo e cientista Teilhard de Chardin e o escritor aventureiro que cruzou os céus, como piloto do Correio Aéreo francês, levando as cartas que falam da tristeza, da esperança, do sofrimento, da alegria e dos amores humanos?

Primeira Aproximação

Não só é possível, como ela se verifica de fato. Para começar, ambos são franceses. Teilhard nasce em 1881 e morre em 1955, aos 74 anos. Saint-Exupéry nasce em 1900, dezenove anos depois de Teilhard, e morre em 1944, aos quarenta e quatro anos, onze anos antes da morte de Teilhard. Se pensarmos somente na chamada vida adulta de ambos, podemos dizer que os dois foram contemporâneos e suas vidas coincidiram durante pouco mais de vinte anos. Eles teriam se encontrado alguma vez? Em algum momento os seus caminhos se cruzaram durante esses anos?

Já vimos que entre eles havia uma diferença de idade de dezenove anos. Mesmo assim, algumas coisas parecem aproximá-los. Ambos estudam em colégios de padres. Exupéry chegou a frequentar, ainda que por pouco tempo, o mesmo colégio no qual Teilhard fez o curso que então se chamava de Humanidades.

Entretanto, a vida escolar de ambos é marcada por muitas diferenças. Teilhard entra na Companhia de Jesus e não sai mais.

Aos dezenove anos é noviço em Aix-en-provence. Já a trajetória de Saint-Exupéry é sinuosa e passa por experiências diversas entre as Belas Artes, a filosofia, a aviação e a literatura. Ele demora a se encontrar e só mais tarde se tornará escritor.

Houve, entretanto, um momento em que, procurando o seu caminho, Saint-Exupéry pensou em seguir a vida monástica. É, por coincidência, o mesmo momento no qual Teilhard atrai grande número de pessoas que vão ouvir as célebres conferências que o jesuíta, já começando a ser conhecido, pronuncia em Paris.

Podemos nos perguntar se o jovem Exupéry, tão inquieto e indeciso quanto ao rumo que daria à própria vida, não teria ido a uma dessas conferências, em busca de orientação. Quem sabe se no meio de todas aquelas pessoas que iam ouvir Teilhard não estaria o jovem Antoine... Ninguém sabe, não há indícios, estamos no reino das conjecturas.

André Devaux, que publicou um livro sobre os dois, no início dos anos 1960, prefere dizer que o encontro entre ambos se deu num nível mais profundo da vida. Devaux lê o que eles escreveram sobre as experiências da própria vida e parece nos dizer: Olha, é aqui que eles se encontram, no mais profundo de sua experiência existencial.

Segunda Aproximação

Lendo Devaux e mergulhando nos textos de cada um, surpreendemos o que ambos pensam, por exemplo, da infância. Teilhard escreve à mãe: "Nunca perco o contato com o meu Auvergne natal. Acho que uma infância feliz é essencial para uma vida de homem".

Como se fosse um diálogo secreto entre os dois, Saint-Exupéry também escreve à mãe:

Este mundo de recordações infantis, de nossa linguagem e dos jogos que inventávamos, me parecerá sempre desesperadamente mais verdadeiro do que o outro.

E então ele pergunta: "De onde eu sou?" E responde: "Sou da minha infância como se é de um país".

Em 1936, o avião de Saint-Exupéry sofre uma pane e ele é obrigado a descer em pleno deserto. Dali escreve à mãe:

Chamei por você no deserto... era de você que eu precisava, a você cumpria proteger-me e abrigar-me... e eu a chamava... você, tão frágil, sabia que era anjo da guarda, tão cheia de bênçãos, para ser chamada na solidão do deserto, dentro da noite?

Como contraponto, temos essa confidência de Teilhard:

Eu devia andar pelos meus sete anos quando vi um cacho de meus cabelos pegando fogo. Era assim que desapareciam os objetos de minha própria vida. Consola-te, Pedrinho – disse mamãe – as coisas não se perdem totalmente. Mudam, transformam-se. Este pensamento nunca saiu de minha memória. É à minha mãe que devo a visão otimista que sustentou minha carreira de pesquisador.

Terceira Aproximação

Ouçamos esse depoimento de Henry Brémond, o conhecido autor de *Prière et poesie*:

Há trinta anos, tive como aluno em Humanidades, um jovem auvernês muito inteligente, o primeiro em tudo, mas desesperadamente tímido. Os mais rebeldes da classe, e até os mais lerdos, animavam-se de vez em quando. Ele, porém, nunca. Só muito tempo depois eu soube o segredo dessa aparente indiferença. Ele tinha uma outra paixão, ciosa, absorvente, que o fazia viver longe de nós: as pedras.

Leiamos agora esse diálogo que está em *Voo Noturno*, de Saint-Exupéry. Ele mostra bem as coincidências que existem nesses dois autores:

> O inspetor corara ao ousar uma confidência destas. Consolavam-no de todas as decepções e do infortúnio conjugal, e de toda esta triste verdade, umas pedrinhas escuras que rasgavam uma janela sobre o mistério. Corando um pouco mais: Encontram-se iguais no Brasil. E Pellerin batera amigavelmente no ombro dum inspetor debruçado sobre a Atlântida. Fora também por pudor que Pellerin perguntara: Gosta de geologia? – É a minha paixão.

Quarta Aproximação

Depois da geologia e das pedras, o que nos dirão eles sobre a terra? Num de seus mais belos textos, "A Missa sobre o Mundo", Teilhard nos dirá que ela é um altar e uma hóstia.

> Recebei, Senhor, esta hóstia total que a Criação, movida por vossa atração, vos apresenta à nova aurora... O sol acaba de iluminar, lá embaixo, a franja extrema do Oriente. Uma vez ainda, sob a móvel toalha de seus fogos, a superfície da terra desperta, freme e recomeça seu espantoso labor. Meu Deus, colocarei sobre minha patena a messe esperada deste novo esforço. Verterei em meu cálice a seiva de todos os frutos que serão hoje esmagados.

E na terra, Teilhard vê, antes de tudo, os homens: "Um a um, Senhor, eu os vejo e os amo..."

Da mesma maneira, Saint-Exupéry contempla o seu "planeta errante". Lemos em *Terra dos Homens* o seu encontro com a pedra que se humaniza em lágrima:

> Sentia uma alegria talvez pueril em marcar com os meus passos um território que ninguém nunca, nem homem nem bicho, havia pisado... Era o primeiro a fazer escorrer de uma mão para outra, como ouro precioso, aquela poeira de conchas, o primeiro testemunho da vida... O coração ba-

tendo com força, abaixei-me para apanhar o meu achado: um pedaço de pedra dura, negra, do tamanho de um punho, em forma de lágrima.

E em tudo isso, o que mais importa a Saint-Exupéry é também o que mais importa a Teilhard: "O mais maravilhoso, porém, é que houvesse ali, de pé, sobre o dorso curvo do planeta, entre o branco lençol de areia e as estrelas, uma consciência de homem". É o que vemos também em Guillaumet, personagem de *Terra dos Homens*: "O que eu fiz, palavra que nenhum bicho, só um homem era capaz de fazer". Ora, o primado da consciência não é um dos temas privilegiados de Teilhard? Eis a fórmula teilhardiana: "É melhor ser do que não ser. É melhor ser mais do que ser menos". Não é notável?

Aproximação Final

Desde o início estamos nos perguntando se por acaso o teólogo e o escritor se encontraram alguma vez no decurso de suas vidas. Mas por falta de provas, o melhor que temos a fazer é seguir a pista de André Devaux, segundo a qual o encontro entre os dois se deu não nos acontecimentos fortuitos, mas num nível mais profundo de suas existências.

É certo que Teilhard leu os livros de Saint-Exupéry e manifestou especial predileção por *Terra dos Homens*, justamente o livro que está no subtítulo desta exposição. Também é certo que Saint-Exupéry leu alguns ensaios de Teilhard. E daí? Daí que existe a esse respeito uma história incrível sobre os dois.

Um amigo de Saint-Exupéry deu-lhe, de presente, um ensaio de Teilhard. Quando Saint-Exupéry morreu, esse ensaio foi encontrado em sua pasta de aviador. Como era uma cópia mimeografada, um editor pensou que o texto fosse do próprio Saint-Exupéry e já se preparava para publicá-lo quando o amigo descobriu o *imbróglio* e evitou o escândalo. Freud explica ou teremos de apelar para a sincronicidade de Jung? Em todo caso, se foi possível atribuir a um o texto que era do outro, é porque inegavelmente existe uma grande afinidade entre eles.

Essa afinidade se revela definitivamente nos parágrafos finais do Prólogo de *O Fenômeno Humano*, de Teilhard:

> Na verdade, duvido que haja, para o ser pensante, minuto mais decisivo do que aquele em que, caindo-lhe a venda dos olhos, descobre que não é um elemento perdido nas oscilações cósmicas, mas que uma universal vontade de viver nele converge e se hominiza. O homem, não no centro estático do mundo – como ele se julgou durante muito tempo – mas eixo e flecha da Evolução, o que é muito mais belo.

Assim, chegamos ao momento de concluir lembrando que Teilhard de Chardin e Saint-Exupéry atingiram o limite da angústia quando se perguntaram, em suas respectivas obras, o que poderiam dizer aos homens do século XX para que eles não se perdessem. No início do século XXI, em meio ao ceticismo generalizado e aos horrores em que vivemos, do horror metafísico ao horror econômico[5] marcados por tantas feridas narcísicas, o que diriam eles para que não nos percamos?

Por certo, nos lembrariam a lição conjunta da literatura e da teologia, condensada numa frase shakesperiana de Teilhard: "É melhor ser do que não ser". Este é o lugar para o qual o subtítulo, como mapa e roteiro, queria nos conduzir: a terra dos homens, onde se encontram a literatura e a teologia, Teillhard de Chardin, Saint-Exupéry e o leitor. E assim se conclui também que as afinidades eletivas não são uma exclusividade alemã e também acontecem em francês. *Voilà*.

---

5. Lembrando o livro de Viviane Forrester.

XII
Dona Chica Admirou-se[1]

> ... *imagens bastante poderosas*
> *para negar nosso nada.*
>
> ANDRÉ MALRAUX

Se em vez de ensaio estivesse escrevendo um romance, juro que inventaria uma leitora para este capítulo. Seria morena, ou loira, contanto que magra e melancólica, e seria também muito nostálgica mas sem saber de quê. Esse último atributo faria dela uma leitora ideal: teria tudo para entender o que vou relatar.

Na abertura do *Mathnawi, o Poema da Flauta de Junco*, o poeta e místico Jalal ud-Din Rumi (1207-1273) recorda o lamento da flauta de bambu que se queixa de seu desterro. Desde que foi arrancada da sua raiz, sua melodia expressa a saudade do lugar de origem onde habita o Amado. E Rumi aconselha: "Ouve o canto da flauta de bambu, ela conta uma história..."

---

1. Síntese de conferência pronunciada no encerramento do IV Seminário Psicologia e Senso Religioso promovido pela ANPEP em 2007. O texto original está no livro *Temas em Psicologia da Religião*, organizado por Irene Gaeta e publicado pela Vetor, em 2007, reunindo todas as conferências pronunciadas durante o Seminário.

Essa história também está num poema de Carlos Drummond de Andrade[2] que fala sobre um "insolúvel flautim" e a coincidência temática oferece um pretexto para explorarmos o diálogo secreto que o místico e o poeta travam sobre a profunda nostalgia da condição humana. Vamos então interpelar Drummond num voo rasante por alguns dos seus poemas até chegarmos ao tema do flautim e ver como a poesia drummondiana reage ao convite de Rumi. Comecemos por "Tristeza no Céu", do livro *José*:

> No céu também há uma hora melancólica.
> Hora difícil, em que a dúvida penetra as almas.
> Por que fiz o mundo? Deus se pergunta
> E se responde: Não sei.
> Os anjos olham-no com reprovação,
> E plumas caem.
> Todas as hipóteses: a graça, a eternidade, o amor
> Caem, são plumas.
> Outra pluma, o céu se desfaz.
> Tão manso, nenhum fragor denuncia
> o momento entre tudo e nada,
> ou seja, a tristeza de Deus.

Referindo-se ao nosso tempo, André Malraux diz que, pela primeira vez na história, se alguém pergunta se a vida tem sentido, a resposta é: não sei. No poema, Deus se pergunta porque fez o mundo e ele próprio responde: não sei. Essa situação angustiante, que resulta do não-sentido de tudo, é o transfundo do livro *Brejo das Almas*, que Drummond escreve entre 1931 e 1934. É dele o poema "Não se Mate":

> Carlos, sossegue, o amor
> é isso que você está vendo:

---

2. "O Soneto da Perdida Esperança", de *Brejo das Almas*.

hoje beija, amanhã não beija,
depois de amanhã é domingo
e segunda-feira ninguém sabe
o que será.

Diante de todas as plumas que caem, a graça, a eternidade, o amor, o poeta sente-se traído e o poema se banha em ironia: "Carlos, sossegue, o amor é isso que você está vendo". E o pior é essa dúvida radical: tivemos uma perda no passado e o que nos reserva o futuro? Uma incerteza: "Segunda-feira ninguém sabe o que será". Sim, mas se aceitarmos a fórmula de Jean Lacroix[3], a verdadeira dúvida aponta para uma crença superior, e ela está na segunda parte do poema:

Inútil você resistir
ou mesmo suicidar-se.
Não se mate, oh não se mate,
reserve-se todo para
as bodas que ninguém sabe
quando virão,
se é que virão.

O poema revela uma tensão muito forte entre crença e descrença, dúvida e fé. No entanto, apesar de as coisas serem como são, é inútil resistir a alguém que se esconde no fundo do texto e nos acena com as bodas. Não sabemos quando as bodas virão, nem mesmo se virão, mas temos que nos reservar para elas: incerteza, dúvida e esperança. Esse fio de esperança leva o poeta a escrever uma carta ao pai. E lembrando o Kierkegaard de *O Desespero Humano*, podemos pensar que, nesse momento, o *eu lírico* se transforma no *eu teológico*, ou seja, o eu em face de

---

3. Cf. *Marxismo, Existencialismo, Personalismo*.

Deus. O poema a seguir se chama "Carta", e faz parte do livro *Lição de Coisas*:

> Há muito tempo, sim, que não te escrevo.
> Ficaram velhas todas as notícias.
> Eu mesmo envelheci: Olha, em relevo,
> estes sinais em mim, não das carícias
>
> (tão leves) que fazias no meu rosto:
> são golpes, são espinhos, são lembranças
> da vida a teu menino, que ao sol posto,
> perde a sabedoria das crianças.
>
> A falta que me fazes não é tanto
> À hora de dormir, quando dizias
> "Deus te abençoe," e a noite abria em sonho.
>
> É quando ao despertar, revejo a um canto
> a noite acumulada de meus dias
> e sinto que estou vivo e que não sonho.

O Lugar de uma Ausência

Retomamos aqui um pouco da melancolia que nos vem acompanhando. Agora é alguém que se perde, sozinho, na noite acumulada dos seus dias, num poema marcado por uma grande ausência: "A falta que me fazes...". Já se disse que a literatura é o lugar de uma ausência, mas como lembra Simone Wheil em *Le pesanteur et la Grace*, é na ausência que a presença de Deus aparece para nós. Nesse encadeamento de ideias, podemos ler então o "Soneto da Perdida Esperança", que também está em *Brejo das Almas*:

> Perdi o bonde e a esperança.
> Volto pálido para casa.

A rua é inútil e nenhum auto
passaria sobre meu corpo.

Vou subir a ladeira lenta
em que os caminhos se fundem.
Todos eles conduzem ao
princípio do drama e da flora.

Não sei se estou sofrendo
ou se é alguém que se diverte
por que não? Na noite escassa

com um insolúvel flautim.
Entretanto há muito tempo
nós gritamos: sim! ao eterno.

A leitura desses poemas vem revelando um clima de tristeza, melancolia, desesperança. Drummond não poderia dar um título mais claro: "Soneto da Perdida Esperança". Mas devemos ir ao texto, é dele sempre que se parte, para verificar se a esperança está mesmo perdida.

O primeiro verso começa por um verbo semanticamente negativo, no passado, no singular. "Perdi": um verbo fraco, do ponto de vista da ação, tanto que o sujeito (eu) não aparece de forma explícita. Agora "perdi o bonde e a esperança" é uma forma irônica de expressar a desarticulação do "eu" que, como vimos, está oculto.

No entanto, a desarticulação do "eu" é enfrentada de maneira significativa logo no início do segundo verso: "Volto". O sujeito ainda está oculto, mas isso já não pesa tanto porque, dessa vez, o verbo exprime um sentido forte, uma decisão, um ato de vontade. O eu lírico volta "pálido", é verdade, mas não podia ser diferente depois do que vimos nos poemas anteriores.

E existe aqui uma circunstância notável: para onde ele volta? Para casa. Ora, a casa – nos dirá Gaston Bachelard – é um apelo à nossa consciência de verticalidade. Quer dizer, ao voltar para casa o eu lírico está iniciando um resgate ontológico, o resgate da dimensão vertical do seu ser – e, depois disso, nada, "nenhum auto" pode passar por cima do seu corpo. Não se pode negar a ressonância teológica do que acabamos de ler. E se o poema emprega a palavra "auto" é para denunciar o elemento "mecânico" que sempre tenta roubar nossa transcendência.

No momento em que recupera sua dimensão de verticalidade, o eu lírico toma uma decisão: "Vou subir a ladeira lenta": a ladeira é íngreme e vai levá-lo a novos caminhos, que se caracterizam pelo "drama", a ação de sua vontade, e que o levam ao princípio da "flora" que, contrastando com o "auto", acena para a vida.

Ao tomar essa decisão, o eu lírico está num processo doloroso que ele mesmo não entende. Não sabe se está sofrendo ou se tudo não seria obra de alguém que, na noite escassa, se diverte com "um insolúvel flautim". E o flautim, o que representa no poema? O flautim é uma modalidade da flauta. É menor do que a flauta, mas toca na oitava superior da nota. O seu som domina toda a orquestra e ele se supera, transcende, vai além: sobe a nota musical subindo a ladeira.

É hora de lançar a rede, recolher as cismas que foram ficando por aí e advinhar um pouco o seu sentido, uma vez que cada ato de leitura apela para um ato de adivinhação[4]. Vimos até agora que o ser humano é marcado por uma negatividade radical que se pode resumir na finitude e na perda. Mas não se conforma. Vive numa tensão muito grande entre o desespero e a esperança. É insolúvel. Não tem solução, a não ser na transcendência, quando decide subir a ladeira.

Subir a ladeira é a dimensão anabática da poesia, o lugar onde se dá a *anabasis*, o movimento do homem em direção a

---

4. Cf. Frank Kermode, "Adivinhação", em *Um Apetite pela Poesia*.

Deus. Esse movimento tem em contrapartida o movimento contrário, a *catabasis*, quando Deus vem ao encontro do homem. E nesse ponto de intersecção entre a *anabasis* e a *catabasis*, é possível ouvir a resposta do Pai à carta, mas essa resposta o filho só ouve na profundidade do seu coração, no mais íntimo do seu íntimo, como diria Santo Agostinho, e para onde a linguagem poética nos conduz.

Chegando ao fim do exercício, o jogo de adivinhação sugere que invertamos as coisas. Lemos a poesia de Drummond. E se deixássemos que a poesia nos lesse? Ficaríamos sabendo que a condição humana é uma condição de errância, como está em Heidegger. Mas ficaríamos sabendo também que, nesta situação de errância, "o maior mistério" – como lembra André Malraux nas *Antimemórias* – "não é sermos jogados ao acaso, entre a profusão da matéria e a dos astros; o maior mistério é que, apesar de tudo, ainda sejamos capazes de criar imagens bastante poderosas para negar nosso nada".

Depois disso podemos finalmente adivinhar a revelação que nasce do diálogo secreto entre *Rumi* e *Drummond*. Aquele que compreende a melancolia de Deus, vendo as hipóteses que caem, somos nós. O que vive o drama da incerteza do amor, somos nós. O que escreve ao pai dizendo "a falta que me fazes!...", somos nós. O que perdeu o bonde e a esperança, somos nós. Mas aquele que resiste e não se suicida, também somos nós. O que se reserva para as bodas, mesmo na incerteza de que virão, também somos nós. E o que decide subir a ladeira? Somos nós também. Nós somos o insolúvel flautim.

Como a flauta de Rumi, estamos desterrados e em busca de nosso lugar de origem, a nascente do nosso rio, tentando transcender a condição aporética de nossas vidas. Assim, a aproximação entre Rumi e Drummond só comprova o que nos diz Octavio Paz: que a poesia escapa à lei da gravidade e nos leva *más allá*, a outras terras, outros céus, outras verdades[5]. É o momento em que o sujeito antes oculto se explicita no verso final do "Soneto da Perdida Esperança": "Nós gritamos Sim! ao eterno".

E Dona Chica admirou-se do berro que o gato deu[6].

---

5. Cf. *El Arco y la Lira*.
6. Referência à canção popular.

XIII
O Adeus Interminável[1]

... um eco do riso de Deus.

MILAN KUNDERA

Onde estamos depois de tantas páginas? No último capítulo e aqui reencontramos Agostinho. Sempre inquieto, em conflito com Deus e com ele mesmo, nos extremos da linguagem, lá está ele. Veio se despedir, em nome dos teólogos e escritores que nos fizeram companhia nessa leitura. E mesmo na despedida, seu tormento não nos deixa em paz: "Então, para que escrevo isto?", ele pergunta, nas *Confissões*. É charme? Não é. Agostinho escreve por desespero, para fugir do seu inferno. Ele nunca se perdoou a maneira como se separou da mãe de Adeodato enviando-a sem o filho de volta para Cartago. Já é bispo quando escreve: "Sendo arrancada do meu lado, como impedimento para o matrimônio, aquela com quem partilhava o leito, o meu coração, onde ela estava presa, rasgou-se, feriu-se e escorria sangue".

---

1. Esse texto, um panorama geral da presença da teologia na cultura, foi originalmente publicado na revista *Cult*, edição especial, Ano VI, dezembro 2002, e é publicado aqui com algumas correções e adaptações.

E depois a morte de Adeodato, aos 17 anos, deixa em Agostinho uma tristeza que não passa. Ele se considera culpado e está pedindo perdão. E para ser perdoado escreve *Confissões*, essa obra luminosa, um dos mais belos livros da literatura ocidental. "Eis o meu coração, Senhor, eis o meu coração, que olhaste com misericórdia no fundo do abismo." Por que ele se expõe assim, revelando suas "emoções dolorosas"?

Não é só por desespero que ele escreve, é também porque há uma relação profunda entre narrativa e existência. Num dos seus sermões, ele diz essa frase deslumbrante: "Tu me criaste para viver e por isso eu te conto a minha história". Agostinho escreve também porque a literatura é uma garantia ontológica, como ele mesmo diz, numa carta: "Sou dos que escrevem progredindo e progridem escrevendo". Como se estivesse plagiando Octavio Paz: "Não se escreve para demonstrar, para transmitir o que se é, mas se escreve para ser, para criar-se por meio da escritura".

Culpa, perdão, confissão, narrativa, vida, criação, escritura – ao aproximar todos esses temas, Agostinho acaba por aproximar também a teologia e a literatura. Tanto isso é verdade que Ernesto Sabato guarda uma suspeita: depois de Agostinho, a literatura deixa de pertencer às Belas Artes para ingressar na Metafísica. A mesma suspeita tem Merleau-Ponty quando afirma que a metafísica é uma passageira clandestina dentro das páginas da literatura.

Mas enfim, o que traz Agostinho para a literatura? A teologia, naturalmente, e depois a antropologia, a psicologia e os diversos temas que nelas se incluem. A interioridade, a subjetividade (a questão do eu), a angústia, o desespero, a questão do sentido, a indagação pelo ser, a reflexão sobre a linguagem, o problema do tempo, o bem e o mal, a culpa, a esperança, o perdão e, por fim, a nostalgia de Deus: "Nosso coração vive inquieto enquanto não repousa em Vós".

Claro que esses temas já estavam de algum modo no repertório da filosofia e da literatura: na literatura hebraica clássica, incluindo a herança bíblica, e na literatura grega, incluindo os trágicos. Basta lembrar que, para uma personagem de Cortázar, a leitura da *Ilíada* foi o primeiro empurrão em direção ao Absoluto[2]. A novidade de Agostinho é retomar todos esses temas num olhar que confronta o homem com a sua transcendência. Isso explica porque os seus temas são desde sempre os nossos temas e porque os textos agostinianos se misturam aos nossos textos como anéis entrelaçados.

A influência agostiniana é visível nos grandes escritores de nossa tradição, não só nos clássicos, como Dante, Camões, Cervantes, Shakespeare, Milton, Goethe, Dostoiévski, como também nos nossos contemporâneos. Por tudo isso, querendo ou não, concordando ou não, somos todos reféns da teologia agostiniana e dos temas que ela suscita. Um pequeno passeio por algumas obras mostra que, de alguma maneira, a *angústia da influência* agostiniana marca a literatura do Ocidente. Em capítulos anteriores vimos isso em alguns autores de modo que aqui, como não se pode ver tudo, vamos apenas repassar o assunto numa espécie de resumo final.

Em Dante, como lembra Papini, se encontra tudo. A sabedoria oriental, o *logos* grego, a *civilitas* romana, o Antigo e o Novo Testamentos, Aristóteles, os temas teológicos anunciados por Agostinho e, naturalmente, Santo Tomás. *A Divina Comédia* seria a tradução poética da *Suma Teológica*? Já se disse de Dante (e o que é que não se disse de Dante?) ter sido ele o maior adúltero espiritual da literatura. Beatriz, casada com outro, está presente em todos os seus versos, ao passo que sua esposa e seus filhos sequer são mencionados. É verdade e por isso é necessário compreender o que Beatriz representa no conjunto de sua obra.

---

2. Julio Cortázar, *O Exame Final*.

É Beatriz quem dá os temas de Dante, temas que se resumem todos na visão final do percurso do poeta:

> e súbito um clarão eclodiu
> que me aclarou, na lúcida voragem.
>
> Da fantasia a força me fugiu:
> e qual roda a girar, em voltas belas,
>
> para outros rumos a alma me impeliu
> o Amor que move o sol, como as estrelas

E não se pode esquecer que o encontro final com Deus começa verdadeiramente quando o poeta, ainda jovem, atende ao convite sempre presente em sua memória: *incipit vita nova* ("começa uma nova vida"). Ou, seja, em Dante, o encontro final com Deus supõe transformação, mudança, conversão, *metanoia*, como aliás está em Rilke, no poema "O Torso Arcaico de Apolo": "É tempo de mudares a tua vida". De onde vêm esses temas?

O Dante da literatura portuguesa é Camões. Já houve quem aproximasse Camões de Pascal e por quê? Por causa da presença de temas teológicos em sua obra, temas que se realizam, sobretudo, na associação entre a fé e a ciência, entre o milagre e a observação direta, entre a necessidade de crer e a vontade de saber. Mas deixemos Pascal ocupado com o seu *divertissement* e vamos surpreender Camões, no Canto IX de *Os Lusíadas*, narrando o encontro entre o homem e o Absoluto:

> Os deuses faz descer ao vil terreno
> E os humanos subir ao céu sereno

E agora: Cervantes ou Dom Quixote? Dom Quixote, é claro. Cervantes, com suas desventuras, parece só ter vivido para acumular as experiências das quais a sua obra, como já se notou, é o resumo e a transfiguração. Fiquemos então com o nosso bravo cavaleiro. O que acontece a ele? Milan Kundera nos dá uma pista: quando Deus deixou o lugar de onde tinha dirigido o universo e sua ordem de valores, separado o bem e o mal e dado um sentido a cada coisa, Dom Quixote saiu de sua casa e não teve mais condições de reconhecer o mundo. A loucura de Dom Quixote, para usar uma expressão de Auerbach a propósito de Flaubert, parece resultar do mal-estar diante do "manque de base théologique" de sua época.

Ousarei falar de Shakespeare? Ele é tão grande, tão enigmático. Retomemos a grande questão que ele nos propõe no começo da modernidade: "Ser ou não ser?" Teologia pura. De onde vem? "Todo aquele que é menos do que já foi, não enquanto é, mas enquanto é menos, é mau."[3] A questão do ser é também a grande questão agostiniana e o teatro de Shakespeare também é devedor de Agostinho.

Depois de Shakespeare aquele que é considerado o maior poeta inglês é John Milton. De novo, teologia pura, e da maneira mais explícita. Muitos procuram aproximar *O Paraíso Perdido*, da *Ilíada* de Homero, da *Eneida* de Virgílio, de *A Divina Comédia* de Dante. Não posso fazer esse julgamento, mas posso, para comprovar o que disse antes, lembrar os temas da obra: a criação, a expulsão do paraíso, a redenção final. Dizem que Milton queria deixar escrito para a posteridade algo que ninguém pudesse esquecer. Conseguiu. E, com o seu poema, a nostalgia do Paraíso está sempre recomeçando.

Enfim, Goethe. Esse, felizmente, desanca a teologia. Será? Eis o que nos diz Mefistófeles: "Na teologia há mil caminhos falsos difíceis de evitar; há mil peçonhas". Qual é, entretanto, a resposta de Fausto? "És, foste, e hás de ser sempre um mentiroso e um sofista de marca."

---

3. Santo Agostinho, *A Verdadeira Religião*.

Sem preocupações de ordem cronológica ou de escolas e tendências literárias, o debate entre Fausto e Mefistófeles se prolonga nos contemporâneos. Se for para falar mal da teologia, ninguém melhor do que o católico Graham Greene. Em *Ponto de Fuga*, ele se refere a uma de suas personagens como "uma vítima da teologia". Em *Uma Sensação de Realidade*, ele é mais agressivo: "Se deseja crer de verdade, se é suficientemente tonto para querer encontrar a fé, então não lhe recomendo teologia". Pura esquisitice? Toda a obra de Graham Greene tem um fundamento teológico, como, de resto, toda obra de arte autêntica, se aceitarmos o que diz Walter Benjamin.

Até mesmo o ateu Sartre declarou que escrever, para ele, foi o equivalente a uma religião. O que está em consonância com a percepção que tem John Updike da literatura: "Escrever não é um artesanato. Não é uma coisa em que pacientemente se acumulem personagens e truques. É uma experiência religiosa que exige total convicção da parte do criador". Nessa linha de pensamento, até Paul Valéry faz Monsieur Teste declarar que a teologia está um pouco por toda parte. Baudelaire é outro que nos surpreende, quando diz que a poesia é "uma exigência devastadora do Absoluto". O que nos dirão, por exemplo, Dostoiévski, Kafka, Camus, Rilke, Joyce, Borges, Octavio Paz, Cortázar, Milan Kundera, Saramago...

Deus pode ser um péssimo princípio estilístico, como adverte Karl-Iosef Kuschel, mas romancistas e poetas não o deixam em paz. Ou será o contrário? De qualquer forma, a relação de Saramago com Deus não pode passar despercebida. Questão de nostalgia ou Saramago é, como Kafka dizia ser (embora a frase seja por vezes posta em dúvida), "um sério candidato à graça?"[4]

---

4. Cf. Karl-Iosef Kuschel, *Os Escritores e as Escrituras*.

Um sério candidato à graça é Albert Camus. *A Peste* pode ser lida como a suma teológica e a suma literária de Camus, esse ateu admirável. Todo seu pensamento está contido nesse livro, inclusive sua ética. E esta se resume nas palavras finais do narrador:

> No meio dos gritos que redobravam de força e de duração, que repercutiam longamente até junto do terraço, à medida que a chuva multicor se elevava mais abundante no céu, o doutor Rieux decidiu então redigir esta narrativa, que termina aqui, para não ser daqueles que se calam, para depor a favor destes pestiferados, para deixar ao menos uma recordação da injustiça e da violência que lhes tinham sido feitas e para dizer simplesmente o que se aprende no meio dos flagelos: que há nos homens mais coisas a admirar que coisas a desprezar.

Não é isso a melhor teologia à maneira de um Andrés Torres Queiruga? Certamente é preciso ler esse livro pensando no ensaio de Walter Benjamin: O narrador é a figura na qual o justo se encontra consigo mesmo.

Podemos falar de Rilke? Numa de suas cartas, ele abre o jogo: "Deus é aquele que há de chegar". E pergunta: "Que sentido teriam as nossas dúvidas, as nossas interrogações, se aquele que procuramos pertencesse definitivamente ao passado?" E para se livrar da própria angústia, diz ao jovem poeta: "Quem sabe se, para poder entrar em si, Deus não tem necessidade de sua angústia perante a existência?"

Deus também está presente no *Ulisses* de Joyce: "Toda a história se move em direção a um grande alvo: a manifestação de Deus". Por isso, José Paulo Paes pôde dizer que Joyce transpõe para a literatura o conceito teológico de epifania, uma súbita manifestação do sagrado. Nessa mesma linha seguem Borges, quando vê a poesia como um dom do Espírito e Octavio Paz quando a define como a linguagem de todas as revelações.

Cortázar se diverte e começa assim um dos seus contos: "Parece uma brincadeira, porém somos imortais". Kundera não contém a ironia e responde: "Agrada-me pensar que a arte do romance veio ao mundo como o eco do riso de Deus"[5]. Então é isso, Deus se diverte às nossas custas?

Mas a literatura não é apenas o lúdico ou a Graça, é também o Mal e Jean Genet, esse endemoniado no qual Jean-Paul Sartre viu um santo, é o desvio culpado que a conduz ao território da teologia. E então, Agostinho ou Jean Genet? Os dois porque eles são inseparáveis e assim o adeus entre a literatura e a teologia é interminável como o *bye bye* num certo filme de Laurel e Hardy[6].

Virando a última página, podemos concordar com Merleau-Ponty quando afirma, no ensaio "Em Toda e em Nenhuma Parte" que, na cultura ocidental, os temas de Agostinho não são relíquias mas fermento. Então, o que aprendemos com os autores marcados pela angústia da influência agostiniana? Que o horizonte último da experiência literária não é a verdade mas o amor[7].

O leitor e a leitora certamente guardaram essa impressão e por isso, de minha parte, prestando homenagem a Tarkóvski, resumirei tudo dizendo que existe uma analogia entre o impacto produzido pela obra de arte e o impacto de uma experiência puramente religiosa[8]. Direi ainda que esse é o momento no qual a linguagem poética desemboca em algo que a traspassa[9]: "Quem me dirá se no arquivo secreto de Deus estão as letras do meu nome?"[10] Deixo a pergunta de Borges como um resumo de toda a inquietação da teologia e de toda a inquietação da literatura.

Como ficamos então? Em transe, como um gato olhando para a lua ou, como São João da Cruz, ouvindo esse *no sé qué* que

---

5. No conhecido "Discurso de Jerusalém".
6. Devo a lembrança desse filme a Lezek Kolakovski em *O Horror Metafísico*.
7. Cf. Tzvetan Todorov, *A Literatura em Perigo*.
8. O grande cineasta russo Andrei Tarkóvski em *Esculpir o Tempo*.
9. Octavio Paz, *Os Filhos do Barro*.
10. Jorge Luis Borges no poema "Góngora", do livro *Los Conjurados*.

os poetas *quedan balbuciendo*. Sabemos agora que o Deus bíblico nos espreita de dentro das páginas da literatura e compreendemos enfim o estremecimento que elas provocam. Então ficamos assim: entre os escritores, os gatos e a teologia, ficamos com o amor e a nostalgia, a blasfêmia e a prece, o desespero e a esperança, nossas mãos dadas e "o querer bem da gente se despedindo feito um riso e soluço, nesse meio de vida"[11].

---

11. Riobaldo contando sua vida em *Grande Sertão: Veredas*.

Epílogo[1] para o Leitor se Perder e se Achar

Um Final mais Felino Ainda

Os gatos de Guimarães Rosa sabem que nada basta ao nosso *cor inquietum*[2]. Ou então, basta sem bastar. Escritores, poetas, filósofos, leitores, eles são tudo ao mesmo tempo e mais: são teólogos charlatães puros, "mestres de alta insinuação" e "de silêncio". Neles "tudo é recado". "Comunicam, revelam, dão aviso", como um "xamã em transe". Acomodam-se em "suas preguiças sucessivas" mas "o imoderado amor" os faz sair pela noite, sem destino, na errância de Heidegger. O que procuram? Como nós, eles sabem que, sem a água de um certo poço da Samaria[3], a sede

---

1. Epílogo é o que vem depois do *logos* e se aproxima do grito. Cf. *George Steiner à Luz de Si Mesmo*, entrevista a Ramin Jahanbegloo.
2. Agostinho no início de suas *Confissões*: "o nosso coração vive inquieto enquanto não repousar em Vós".
3. Referência a um episódio narrado no capítulo 4 do Evangelho de João.

do Absoluto não se cura e daí os "sábios extratos de delírios"[4] que nos oferecem ao longo deste livro.

Mas sempre é possível que, apesar de tudo que lemos, alguém prefira uma pitada de positivismo e queira perguntar pela conclusão.

– Era só isso?

Quem teve a experiência da teologia – diz Heidegger – prefere o silêncio sobre Deus[5]. Por isso a uma pergunta como essa um dos gatos de Guimarães Rosa responde pela voz de Riobaldo:

– Aí está: Deus...Bem, o senhor ouviu, o que ouviu sabe, o que sabe me entende...[6]

---

4. O que está entre aspas é de Guimarães Rosa, "Quemadmodum", em *Ave, Palavra*.
5. Em *Identidade e Diferença*.
6. Riobaldo em *Grande Sertão: Veredas*.

Sobre o Autor

Nasceu em Palmares porque não deu tempo de a mãe pegar o trem de Catende (aquele de Ascenço Ferreira: "Vou danado pra Catende com vontade de chegar") e ir para o Recife. Suas cicatrizes e deslumbramentos de infância e juventude estão no massapê de Escada, nas águas do Una e do Capibaribe, nas ladeiras, nos sinos, nas igrejas, nos cheiros e no mar de Olinda com os quais o menino fez para si uma cosmogonia. Estudou Humanidades no Seminário de Olinda, graduou-se em Letras Clássicas e fez o doutorado em Filosofia na Universidade de São Paulo. Professor do Colégio Equipe e do Colégio Santa Cruz, professor na graduação e na pós-graduação da PUC-SP (respectivamente Introdução ao Pensamento Teológico e Literatura e Teologia), assessor de Paulo Freire na Secretaria de Educação de São Paulo, pesquisador do Instituto de Estudos Avançados da USP. É autor de *A Bailadora Andaluza: a Explosão do Sagrado na Poesia de João Cabral* (Ateliê Editorial/Fapesp), e de *O Amor do Herege: Resposta às Confissões de Santo Agostinho* (Edições Paulinas), entre outros. Com Plinio Martins Filho organizou *O Leitor Insone*, uma homenagem ao crítico João Alexandre Barbosa publicado pela Edusp em 2007. Como jornalista, foi editor do caderno "Cultura" do jornal *O Estado de S. Paulo*. Apesar de aposentado, continua pesquisando, publicando artigos e resenhas em revistas acadêmicas e na grande imprensa, participando de seminários e ministrando cursos e se der, ainda vai ser astrônomo, maestro da orquestra sinfônica, biólogo especialista em borboletas ou surfista em Olinda.

(Endereço: waldecytenorio@gmail.com).

Título	*Escritores, Gatos e Teologia*
Autor	Waldecy Tenório
Editor	Plinio Martins Filho
Produção Editorial	Aline Sato
Capa	Gustavo Piqueira/Casa Rex
Revisão	Vera Lúcia Belluzzo Bolognani
Editoração Eletrônica	Fabiana Soares Vieira
	Mariana Real
Formato	14 x 21 cm
Tipologia	Minion Pro
Papel	Pólen Soft 80 g/m² (miolo)
	Cartão Supremo 250 g/m² (capa)
Número de Páginas	240
Impressão e Acabamento	PSP Digital